아버지와 어머니께,
그리고 카모마일을 위하여

그리고
사랑을 보다

정윤희 쓰고
김은기 그리다

Prologue

"나에게 문학이란 살며 사랑하며 배우는 과정이라 생각한다"

봄비가 내리는 밤. 서재에서 글을 쓰다가 고개를 들었는데 내 앞에 펼쳐진 책들이 아련하게 다가왔다. 내가 지금 생애에 저 책들을 다 읽을 수 있을런지. 어쩌면 다 읽겠다는 마음이 큰 욕심일지도 모른다.

내가 책과 관련된 일을 하면서 갖는 생각은 이 세상에는 참으로 많은 이야기들이 있다는 것이고 그 이야기들은 끊임없이 반복되고 재생산된다는 것이다. 지구상에 80억 명의 인구가 산다면 80억 개의 이야기가 살아 있다. 많은 이야기들이 담겨진 책들이 이 세상에 태어나는 것을 보면서 사람들의 모습이 각기 다른 것처럼 책들도 그럴까라는 신비로움을 느낀다.

소설에 대한 열망은 내 심장을 가만 두지 않았다. 소설가들이 쓴 작품들을 읽으면서 심장은 둥둥둥 북소리를 냈다. 존경하는 박완서 작가님은 내가 닮고 싶은 분이셨다.

나도 마흔 살이 되면 소설가가 되리라는 꿈을 마음에 품고 살았다. 모든 게 내 뜻대로 이루어지면 좋으련만 인생은 참 얄궂다. 어렸을 적에 고향을 떠나 서울로 올라와서 다섯 식구가 단칸방에서 살 때 주인집에 잠깐 놀러간 적이 있었는데 나보다 서너 살 어린 주인집 여자 아이의 방에는 동화책 등 많은 책들이 가지런히 서가에 꽂혀 있었다.

아마 그때부터였던 것 같다. 나만의 방, 나만의 서재, 나만의 책이 있었으면 좋겠다는 소망이 생긴 것이. 세월이 흘러 이제는 나만의 방과 서재, 그리고 책이 있지만 아직도 나는 소설가가 되지 못하였다.

그럼에도 나는 아직도 문학을 사랑한다. 내가 어떻게 살아야 할지 고민하거나 인생에서 시련이 다가왔을 때 문학은 항상 내 옆에서 기다리고 내 편이 되어주었다. 나에게 문학이란 살며 사랑하며 배우는 과정이라 생각한다.

앞마당에도 뒷산에도 길가에도 시린 겨울을 보낸 꽃나무들이 화사하게 꽃을 피웠다. 존경하는 정호승 시인이 쓰신 〈울지 말고 꽃을 보라〉라는 시는 내가 절망하고 힘겨울 때 외우면서 다독이는 시다.

꽃도 그대도 바람에 온 몸을
내맡겨야 꺾이지 않는다
살을 에는 겨울바람 이겨낸 후에야
향기로운 꽃을 피운다
널 사랑하기 위해 이 꽃은 피었다
너도 누군가의 꽃과 별이 돼라
장미는 장미로 바위는 바위로
저리 버티고 있지 않나
모래는 작지 않다 모래는 바위다
너는 작지 않다 너는 세상이다
절망할 필요 없다
또 다른 세상이 너를 기다리고 있지 않은가

(〈울지 말고 꽃을 보라〉 정호승 지음, 해냄)

노벨문학상 수상작가인 솔 벨로(Saul Bellow)는 《마음의 상처로 더 많이 죽는다》라는 소설을 발표하면서 "방사능으로 죽는 것보다 마음의 상처로 죽는 사람이 더 많다고 생각합니다"라고 말했다.

마음의 상처가 꽃으로 피기까지는 길고 긴 세월을

낚아 올려야 가능할 것이다. 어쩌면 마음의 상처가 너무나 깊은 나머지 상처를 드러내기조차 두려울 수 있다. 상처가 스스로 굳은살로 변하고 조금씩 생살이 돋아나려면 시간을 갖고 기다려야 한다. 스무 살적에는 기다릴 줄 몰랐던 마음이 나이가 들면서 기다릴 줄 알게 되었다.

카뮈는 《태양의 수첩》이란 책에 "이 세상에는 부조리가 존재하게 되고, 사랑은 그러한 부조리에서 우리를 구해주게 된다"라는 멋진 말을 썼다. 이 책은 1987년에 우리나라에서 번역되었는데 나는 그때 까무잡잡하고 부리부리한 눈을 가진 생물선생님을 짝사랑했던 순수한 여중생이었다. 친구네 집에 놀러갔다가 우연히 《태양의 수첩》을 보았는데 카뮈가 써놓은 문장에서 부조리라는 단어는 눈에 들어오지 않았었고, 사랑은 우리를 구해주게 된다는 구절만 내 마음에 와 닿았다. 어른이 된다는 것은 카뮈가 말했던 부조리와 사랑의 연관성을 조금씩 알아가는 것이리라.

책 속에 김은기 화가가 그린 '꽃' 작품들도 수록했

다. 김은기 화가와는 〈출판저널〉에 표지 기획시리즈인 '책을 그리는 작가전'을 진행하면서 처음 만나게 되었다. 우리 사는 일상을 따뜻하고 세밀하게 스케치하고 채색하는 예술가로서 100여 차례 전시회도 가졌고 많은 사람들에게 사랑받고 있다.

그동안 써두었던 칼럼들을 모으고 새로 쓴 글을 더해 독자에게 보낸다. 이번 책은 이전에 출간했던 책보다 나의 이야기가 더 많이 담겨 있다. 내가 책과 함께 살아 온 시간들을 기록했다. 국민일보에서 연재했던 '살며 사랑하며'와 국방일보에 연재했던 '세상보기'도 함께 보탰다. 지면을 주셨던 분들께 감사드린다.

이번 책에서 꽃그림과 컬러링으로 독자들과 함께 해주신 김은기 화가에게 진심으로 감사드린다. 또한 이번 책을 낼 수 있도록 도와주신 따스한 이야기 김현태 대표님께도 감사드리며 김 대표님께서 하시는 봉사와 희생의 선교사역으로 이 땅의 아이들이 모두 행복해지기를 함께 기도해드리고 싶다.

2015년 4월에,

정윤희

인생의 벼랑 끝에서 휘청거릴 때
사는 게 힘겹다며 지친 그대에게
"괜찮아, 그건 모두 사랑이야"라고
말해 주고 싶다.

상처받고 고통스럽다며 좌절하지 말고,
길가에 피어있는 한 송이 꽃을 보라.
산다는 것은 인생의 계절을 견디는 일이다.
내가 나를 사랑하고 내 인생을 사랑할 때
내 인생의 꽃은 아름답게 피어난다.

조금씩 비가 그치고 있다.
바람이 잔잔해 지고 있다.

Contents

Season 1

봄꽃 이야기

봄이 되면 꽃이 피듯 _ 014
아름다운 책보다 더 아름다운 _ 022
더 이상 사랑 외에는 간절한 게 없는 _ 026
잡지인으로 살아간다는 것 _ 032
말레이 곰이 산으로 간 이유 _ 036
무엇을 그리고 싶다는, 읽고 싶다는 욕망 _ 041
밥에 대한 기억 _ 045
사랑이라는 물음 _ 051
허수아비 춤 _ 055

Season 2

여름꽃 이야기

한여름 밤에 읽는 '적설'의 매력 _ 064
마음이 고픈 사람들 _ 070
무엇이 우리를 행복하게 하는 가 _ 074
책이 인생을 바꿀 수 있나 _ 080
나를 찾고 너에게 가는 길 _ 083
사랑은 나를 찾아가는 여정 _ 087
이야기하기 위해 살다 _ 093
희망이 있는 곳으로 _ 097
희망의 힘을 믿고 또 믿고 _ 102

Season 3

가을꽃
이야기

단풍잎 같은 인생 _ 110

행복이란 무엇일까 _ 114

당신의 인생을 사랑한다면 _ 120

책에 대한 첫 기억 _ 128

인생의 무늬 _ 132

모든 길은 책 바깥에 _ 138

늦어도 11월에는 _ 142

밥에 대한 생각 _ 146

사랑과 집착에 대하여 _ 152

Season 4

겨울꽃
이야기

크리스마스 선물 _ 160

디지털 세상에 만나는 책 _ 164

감사할 일, 반성할 일 _ 167

간절하고 절박한 마음은 통한다 _ 172

마음이 가난한 자는 복이 있나니 _ 176

산다는 것은 인생의 계절을 견디는 일 _ 181

디지털 시대에 그리운 아날로그 감성 _ 183

나와 당신은 하찮은 존재가 아니다 _ 189

Season 1

봄꽃 이야기

봄이 되면
꽃이 피듯

사랑에 빠지면
행복하지만 마냥
행복하다고 해서
사랑의 전부는
아니다.

베란다에 내놓았던 화초가 바싹 말라 바스락 거리는 소리가 들린다. 버리기는 아깝고 또 숨이 넘어간 화초를 어떻게 버려야 할지 몰라 나로선 방치한 셈이다. 그런데 죽은 줄만 알았던 화초가 봄볕을 쬐더니 생기가 돋고 노란 꽃 한 송이를 피웠다.

꽃을 피우지 않는다며 화초가 죽었다고 생각한 내 자신이 몹시 부끄럽고 죄스러웠다. 미안한 마음을 표현해 물을 주고 꽃을 피워줘서 고맙다고 말해주었다. 화초는 자연의 시간에 따라 말없이 잠자고 있다가 꽃이 피는 시간이 되면 꽃을 피우고 푸른 이파리를 몸 밖으로 뻗는다.

어김없이 봄이 왔다. 계절은 약속이나 한 듯 연인처럼 다가왔다. 이반 투르게네프의 소설《첫사랑》에는 이런 문구가 나온다.

"할 수 있는 것을 스스로 선택하라. 타인의 도움을 바라지 마라. 너는 너의 것이란다. 그것이 바로 삶이란다"
(《첫사랑》, 펭귄클래식, 71쪽).

사랑에 빠지면 행복하지만 마냥 행복하다고 해서 사랑의 전부는 아니다. 사랑한다는 것은 고통을 감내하는 것이다. 기다리고 또 기다리는 것이다. 내 곁에 오지 않으리라는 불안에 휩싸이면서도 그래도 언젠가는 내 곁으로 올 것이라는 믿음을 가지고 기다리는 것이 사랑이다. 시간은 우리 편이라는 주문을 마음에 새기는 것이다. 그 사랑이 내 곁에 돌아오지 않으면 상심하겠지만 비록 그렇다고 하더라도 나는 내 삶을 살아야 한다. 내 삶은 그 누구도 대신 살아줄 수 없다. 내 삶을 살 때 비로소 사랑도 스스로 다가온다.

사랑과 죽음은 동전의 양면처럼 서로의 등을 맞대고 있기에 나는 사랑을 갈구하면서도 사랑에 빠지길 두려워했다. 그러나 죽은 줄만 알았던 화초가 봄이 되어 노란 꽃을 피우는 것을 보고 사랑은 두려워해야 할 대상이 아니라 내가 기꺼이 받아들어야 하는 것이라는 것을 알았다.

31개 한강다리 중 투신하는 사람이 가장 많은 곳이 마포대교라고 한다. 마포대교에 가면 다리 난간에 생명의 다리 글귀들이 쓰여 있는데 내가 마음이 복잡할 때 한 번씩 꺼내 읽는다.

바람 참 좋다.
밥은 먹었어?
오늘 하루 어땠어?
별일 없었어?
많이 힘들었구나.
말 안 해도 알아.
기분이 꿀꿀할 땐 기지개 한 번 켜고
파란 하늘을 봐봐.
아니면 커피 한 잔 어때?

힘든 일 모두 그냥, 지나가는 바람이라
생각해보면 어떨까?
우리 이제 산책이나 할까?

영화처럼 근사한 사랑을 꿈꾸시나요?
사랑이 당신 마음처럼 잘 안 되는 것은
사랑은 혼자만의 일이 아니라
사람과 사람의 일이기 때문입니다.
하지만 사랑하고 또 사랑하세요.
사랑이 뜻밖에 잘 이루어지는 것도
사람과 사람의 일이기 때문입니다.

당신이 주연인 당신의 영화도
멋진 해피엔딩으로 끝나기를.

비밀, 있어요?
아무한테도 말 못하고,
혼자서 꾹꾹 담아온 얘기
가슴 아파서, 누구한테도 하지 못한 얘기.
시원하게 한번 얘기해 봐요.
그럴 때 있잖아요. 모르는 사람,

아무나 붙잡고, 막 하소연 하고 싶을 때
지금 한 번 해봐요.

가장 빛나는 순간은 아직 오지 않았다.
가장 뜨거운 순간은 아직 오지 않았다.
가장 행복한 순간은 아직 오지 않았다.
아직 오지 않은 것은 너무도 많다.

버스정류장에서 버스를 기다리다가 길가에 피어있는 꽃들을 보았다. 언제 저렇게 꽃이 피었나! 나는 땅에서 솟아오른 생명을 가만히 바라본다.

내 인생에 꽃이 피지 않았다는 생각이 들 때 길가에 초라하게 피어난 한 송이 꽃을 보면 위로를 받는다. 아무도 알아주지 않고 아무도 보듬어 주지 않지만 스스로 꽃을 피운다. 괜찮아, 다 괜찮아. 모든 게 사랑이라고 나에게 말한다. 내가 죽었다고 생각했던 화초에도 노란 꽃이 피듯이, 그리고 사랑을 본다.

2013 EUNKI
I LOVEU

아름다운 책보다 더 아름다운

당신의 인생을 달달하게 할 1퍼센트를 찾으세요. 그리고 당신만의 기적을 만드세요.

마음의 물결이 일렁일 때 내가 즐겨 읽는 책들이 있는데, 그 중 하나가 인제대 명예교수이자 서양사학자 이광주 선생이 지은 《아름다운 지상의 책 한 권》이다. 늦은 밤 잠이 오지 않아 뒤척이다가 이 책을 다시 꺼내 보았다.

중세 유럽에서는 사본문화가 활발했는데 그때 꽃처럼 아름답게 핀 책부터 20세기 서적 제작의 명장으로 불리는 윌리엄 모리스에 이르기까지 책의 역사뿐만 아니라 이를 둘러싼 문화를 엿볼 수 있는 책이다. 내가 이 책을 즐겨 읽는 이유는 지상에서 가장 아름다운 책

네 가지를 한꺼번에 만날 수 있기 때문이다. 중세 때 최고의 호화 미장본으로 랭부르 삼형제가 세밀화를 그린 베리 공작의 '호화 시도서', 1500년까지의 초기 인쇄본을 지칭하는 요람 인쇄본의 최고 명품인 구텐베르크의 '42행 성서', 윌리엄 모리스에 의해 제작된 '제프리 초서의 저작집', 20세기 최고의 아름다운 책 '샤갈의 그림 성서'가 그것이다.

예술 작품이라고 해도 과언이 아닐 정도로 아름다운 책 앞에서 머리를 조아린다.

"책은 읽는 것이기에 앞서 보는 것이요, 여기저기 어루만지는 것이다"라고 이광주 선생이 써놓은 글귀처럼 화려한 장식으로 장정한 책들은 아름다움이라는 영원성을 간직한 채로 내 눈을 사로잡는다. 그러나 화석처럼 굳어버린 채 책이라는 감옥에 갇힌 아름다운 책들은 과연 언제까지 그 아름다움으로 나를 감동시킬 수 있을까.

서가에 놓인 책들을 살펴보다가 눈에 들어온 책이 《달달한 인생》이다. 저자는 카툰니스트 지현곤 씨인데, 두 평 반 골방에서 장애를 딛고 살면서 세계적인 카툰 작가로 이름을 알린 사람이다.

"손끝에서 팔꿈치를 지나 어깨를 타고, 두 어깨를 이어 반대 팔꿈치를 타서 그쪽 손끝으로. 한 손끝에서 다른 손끝까지 일직선으로. 그 길이에서 한 손바닥 너비를 더한 만큼의 가로 폭과, 그 길이의 하나 반만큼 뻗어 있는 세로 폭의 작은 방"이 지현곤 씨가 지금까지 살아온 공간이다.

도저히 이해가 안 되는 설명이라 한참 동안 문장을 천천히 읽고 이해하느라 곤혹스러웠다.

초등학교 1학년 때 척추결핵으로 하반신이 마비되면서 치료도 잘 받지 못하고 만화책을 베껴가며 40여 년 동안 그림을 그려왔다.

남의 손을 빌리지 않으면 밖으로 나가지도 못하는 장애인이지만 창작을 통해 우리들에게 즐거움을 선사하는 저자는 '사랑과 소외', '분배의 불균형' 등 일반인으로부터 소외된 관점을 가지고 우리 사회의 모순을 그린다. 그리고 책 속에서 이렇게 말한다.

"삶에 특별한 클라이맥스는 없어도 나는 내 삶을 사랑합니다. 당신의 인생을 달달하게 할 1퍼센트를 찾으세요. 그리고 당신만의 기적을 만드세요."

(《달달한 인생》 중에서)

산다는 것이 무엇일까. 사람들과 서로 부대끼면서 그로 인해 숨 쉬고 있음을 자각하며 사는 게 아닐는지. 고통스러운 삶 속에서 아름다움을 통해 잠시 통증을 잊으려고 하지만 결국 순간일 뿐이라는 생각이 든다. 예술 작품처럼 아름다운 책을 봄으로써 우리 삶을 위로하지만 당신과 내가 살고 있는 이 생애보다 더 아름다운 예술은 없지 않을까.

더 이상 사랑 외에는 간절한 게 없는

나와 당신이 있는 게 아니라 내가 있어서 당신이 있고 당신이 있어서 내가 있다.

요시다 슈이치가 쓴 소설 《사랑에 난폭》을 읽으면서 '지금 내게는 생각만 해도 가슴이 아픈 사람이 있는가'를 생각해 본다.

사랑이라는 감정은 신비롭다.

내 의지대로 생겨나지도 않으며 나이를 먹을수록 심장이 두근거리거나 설레거나 불같은 사랑의 감정에 쉽게 사로잡히지도 않는다. 그러나 우리는 나이를 먹어서도 사랑받기를 원하고 사랑하기를 원한다.

대중문화 속에서 나오는 사랑은 모두 아름답고 젊은 남녀가 주인공이다. 내가 드라마 작가가 되겠다고 습작하던 시절에 우리를 가르치셨던 선생님께서는 드라마 주인공은 모두 매력적이어야 하며 나이가 든 주인공보다 젊고 아름다워야 시청자들이 공감할 수 있다고 하셨던 기억이 난다.

이젠 세월이 많이 바뀌었다. 백세 시대를 살고 있는 지금 출판가에는 나이를 잘 들어가는 것을 주제로 한 책들이 쏟아져 나오고 텔레비전 드라마에서는 중년의 사랑뿐만 아니라 할아버지와 할머니의 설레는 사랑 이야기도 그려진다. 영화도 더 이상 젊은 청춘들만 주인공을 하지 않는다.

영화 〈님아 그 강을 건너지 마오〉를 보면서 사랑이란 무엇인가를 다시 생각해 보았다. 주인공으로 나오는 할아버지와 할머니는 내가 드라마 작법에서 배웠던 매력적인 젊음을 전혀 가지고 있지 않았다.

설레는 감정보다는 잔잔한 호수가 햇빛을 받아 반짝이는 느낌이랄까. 사랑이란 감정은 폭죽을 터뜨리는 이벤트가 아니라 일상과 같은 것, 그래서 지루할 수 있지만 우리가 세 끼 밥 먹는 것을 지루해 하지 않는 것처럼 평온한 감정이다.

그리고 죽음으로 어쩔 수 없이 이별하게 된다는 것을 자연스럽게 받아들이는 일. 영화 속에서 할머니가 며칠 만 더 살아줬으면 좋겠다며 길가에 서서 혼자 우는 장면을 보면서 사랑이란 거창한 게 아니라 자연스런 이별 앞에서 사랑하는 사람이 하루만이라도 더 살아서 내가 그 사람의 안위를 돌보는 것이리라.

대중문화 속에서 사랑은 상품으로 포장되었다면 이제는 우리에게 사랑밖에 남은 게 없는, 더 이상 사랑 외에는 간절한 게 없는 세상이 되었다. 나는 그렇게 믿고 싶다.

요시다 슈이치가 쓴 《사랑에 난폭》은 결혼과 사랑의 의미를 묻는다. 결혼 8년 차가 된 여자의 일상과 그의 남편과 내연의 관계를 유지하고 있는 여자의 심리를 보여주고 있는데, 나는 소설을 읽으면서 과연 사랑이란 무엇일까를 자문했다.

예를 들면 "나와 당신이 있는 게 아니라 내가 있어서 당신이 있고 당신이 있어서 내가 있다"(47쪽)라는 문장 앞에서 그럴 수밖에 없었다.

글쎄 아직도 이 문장에 대한 명확한 해석을 하지 못했다.

어쨌든 누군가를 간절하게 생각하고 사랑한다는 것, 그리고 사랑받고 있다는 것. 백년 후라도 다시 만날 날을 간절하게 기다릴 수 있다는 것은 참 행복한 일이다.

Bonnie ♥
clara

잡지인으로 살아간다는 것

*기술이 발전하고
디지털 환경을
지나 이제는
스마트 시대에
살고 있는
우리에게 중요한
가치는 무엇일까*

사람과 책은 내 삶의 주요 키워드이다. 내가 스무 살 초반 때 처음 만난 월간 〈인사관리〉와 서른 살 중반에 만난 월간 〈출판저널〉은 사람과 책을 다룬다. 〈인사관리〉는 1989년에, 〈출판저널〉은 1987년에 창간됐다.

두 잡지는 우리 사회가 산업화와 민주화가 시작되고 출판 산업이 활짝 열릴 무렵 창간되었다. 기업에서 사람을 가장 중요시해야 한다는 것을 알려주는 〈인사관리〉와 우리는 어떤 책을 읽고 어떻게 살아야 하는가를 묻는 〈출판저널〉, 두 잡지의 공통점은 휴머니즘을 지향한다는 것이다. 내가 잡지를 스무 해 가까이 만들면서 가장 중요하게 생각하는 가치는 휴머니즘, 인간의 존엄성이다. 사람을 사랑하고 세상을 따뜻하게 바라보는 시선이다.

월간지를 만드는 사람은 한 달을 하루처럼 산다. 1년은 열두 달이 아니라 십이일이다. 스물 세살 때부터 월간지를 만들었지만, 나는 매 달 새로운 마음으로 지면을 채운다. 박범신 작가의 책《비우니 향기롭다》라는 에세이 제목처럼, 비우고 채우기를 반복하는 인생을 살고 있다. 밤하늘의 초승달이 보름달이 되고 다시 그믐달이 되고 또 다시 반복하는 것처럼 우리의 삶은 율동적이다.

많은 사람을 만나 인터뷰를 하고 글과 마주하는 사람으로서 상대의 침묵은 가장 어렵지만 가장 의미 있는 대화이다. 나는 그 침묵을 들으려고 애를 쓴다. 잡지는 세상에 떠돌아다니는 말을 담는 것이 아니라 가까스로 건져 올린 침묵을 재현해 보여주는 작업이다.

나는 어렸을 때부터 사물을 유심히 관찰하는 습성이 있었다. 누가 그렇게 하라고 시키지도 않았는데 물끄러미 유유자적하며 바라보는 재미가 쏠쏠했다. 어느 날엔 목욕탕에 엄마와 같이 간 적이 있었는데 때를 밀 생각은 안하고 목욕탕에 온 사람들을 가만히 바라 본 적이 있었다. 엄마는 한 달에 한 번은 꼭 목욕탕에 가서 때를 박박 밀어야 직성이 풀리는 사람이었다. 엄마 손에 이끌려 목욕탕에 따라간 나는 사람들이 한 공간에 모여 다 같이 한 가지 행동을 하는 것이 너무 신기했었고 살을 밀면서 '저 사람들은 무슨 생각을 할까'하며 궁금했었다. 지금 생각해 보면 꼬마 애가 별 생각을 다 했다 싶지만, 사람이 스스로 자신을 살을 밀면서까지 비우는 행동을 한다는 것이 익숙해 질 무렵 나는 잡지와 인연을 맺었다. 스무 살을 갓 지난, 세상이라곤 아무 것도 모르는 철부지였다.

사실 잡지와 인연을 맺은 것도 우연한 계기였다. 친구가 잡지 편집팀의 채용공고를 보고 나와 같이 지원하자고 해서 친구 따라 이력서를 냈는데 친구는 떨어지고 내가 입사를 했다. 채용과정에서 1차 서류심사를 통과한 사람들은 한자시험과 에세이 시험을 봤는데, 에세이 문제가 "당신이 경영자라면 어떤 경영자가 되고 싶은가?"였다.

당시에 나는 경영자가 되고 싶다는 목표나 꿈은 전

혀 없었지만 내 나름대로 답을 썼는데, 내가 경영자라면 소통하는 경영자가 되겠다는 내용을 썼던 것으로 기억한다. 예를 들면 직원들과 소통이 가능하도록 사장실을 없애고 열린 사무실 구조를 만들겠다는 것이었다.

나는 그렇게 첫 사회생활을 시작했고 지금처럼 컴퓨터가 생활화되지 않았던 때라 필자의 집에 찾아가 원고청탁을 드리고 손으로 쓴 원고지를 받아와서 타이핑을 하고 필름교정을 보았다. 생각해 보면 그때는 잡지 에디터로서 더 꼼꼼하고 세심하며 인내심을 필요로 했다.

기술이 발전하고 디지털 환경을 지나 이제는 스마트 시대에 살고 있는 우리에게 중요한 가치는 무엇일까. 사람의 손길이 필요로 한 곳에 디지털 기술이 대신하고 있는 시대에 휴머니즘, 인문적 가치가 아닐까 싶다.

말레이 곰이 산으로 간 이유

살다 보면 현실로부터 떠나고 싶을 때가 종종 있다. 그렇다고 도피행각만 벌인다면 그것도 행복한 일만은 아닐 것이다.

"살아 있는 인간들과 어울리고 싶다면 다시 저 아래로 내려가야만 한다. 너는 그것을 심각하게 고민해 보았느냐?" (〈세 번의 경고〉 중에서)

몇 해 전 서울대공원 우리를 빠져나와 청계산으로 달아났던 말레이 곰 '꼬마'가 15일 이수봉 근처에서 포획 틀에 잡혔다. 라디오에서 뉴스를 들었을 때 나는 마침 아르투어 슈니츨러가 지은 소설 〈세 번의 경고〉를 읽고 있었는데, 위의 문장에 시선이 고정되어 다음 행으로 넘어갈 수 없었다.

소설 속에 적혀 있는 훈계 같은 질문은 마치 꼬마에게 던지는 것 같았다. 빈 모더니즘의 대표적으로 손꼽히는 작가 아르투어 슈니츨러의 중단편집 《엘제 아씨》에 수록되어 있는 단편 〈세 번의 경고〉는 세밀한 심리묘사가 돋보이는 작품 중 하나다. 아르투어 슈니츨러는 영화 〈아이즈 와이드 셧〉의 원작 《꿈의 노벨레》로 알려진 작가다.

나는 경부고속도로를 타고 출퇴근을 하기 때문에 매일 청계산 자락을 바라보며 다닌다. 청계산으로 도피한 꼬마는 어디에 꽁꽁 숨었을까, 탈출한 꼬마는 과연 자유로움을 탐닉하며 산속을 유영할까, 그 자유로움은 과연 언제까지 이어질까, 꼬마가 진정으로 갈망했던 것은 무엇일까.

24살 많은 암컷 곰 말숙이와의 불화가 꼬마를 탈출하게 만들었다는 내용을 보도하기도 했지만, 서울대공원 우리에서 벗어나 또 다른 우리라고 할 수 있는 청계산 자락에 갇힌 꼬마와 관련된 질문은 쉴 새 없이 이어졌다.

마음이 불편하고 근심이 많을 때 산에 오른다는 사람이 있다. 에베레스트, 안나푸르나 등 히말라야를 여섯 차례 다녀왔고, 킬리만자로 트레킹에서 해발 5895m의 우후루 피크 정상에 오르기도 했던 박범신 작가는 《비우니 향기롭다》라는 책에서 일상을 멈추고 왜 산으로 가야 하는지를 말해주고 있다.

> "나는 히말라야에서 보았습니다. 내가 본 것은 속도를 다투지 않는 수많은 길과, 본성을 잃지 않는 사람과, 문명의 비곗덩어리를 가볍게 뚫고 들어와 내장까지 밝혀주는 투명한 햇빛과 바람, 그리고 만년빙하를 이고 있어도 결코 허공을 이기지는 못한 설산들을 보았습니다. 또 감히 고백하자면, 행복하고 충만 되기 위해 내가 이미 너무도 많은 것을 소유하고 있다는 사실을 확인했으며, 행복해지는 길이 어디에 있는지 어렴풋하게나마 찾을 수 있었습니다."
>
> (《비우니까 향기롭다》 중에서, 박범신 지음)

살다 보면 현실로부터 떠나고 싶을 때가 종종 있다. 그렇다고 도피행각만 벌인다면 그것도 행복한 일만은 아닐 것이다. 꼬마는 청계산에서 과연 무엇을 보았을까. 무엇을 생각했을까. 인간들과 어울리기 위해서는 하산해야 한다는 것을 알아 차렸을까. 그렇게 마음을 비웠을까.

자연 속에서 자연스럽게 살아야 할 곰이 우리에서 곰 인형처럼 살아가야하는 운명을 생각하면 참 안쓰럽다. 꼬마가 다시 직면한 현실에서 잘 적응하기 바라면서, 우리 인간도 마음을 조금씩 비우면서 살면 어떨까 생각해 본다.

무엇을 그리고 싶다는, 읽고 싶다는 욕망

초등학교에 입학하기 전에 잠깐 미술학원에 다닌 적이 있다. 스케치북에 크레파스로 그림을 그리는 것을 좋아하던 나를 보고 엄마는 형편이 좋지 않은 살림살이에 돈을 모아 나를 미술학원에 데리고 가신 것이다.

나는 어린 마음에 미술을 가르쳐주는 학원이 있다는 것이 신기했는지 엄마가 학원 선생님과 상담을 하고 계시는 동안 학원을 둘러보았다. 지금도 생생하게 기억이 나는 장면은, 문이 살짝 열린 틈으로 젊은 여인의 하얀 살결이 보였고 삼삼오오 사람들이 모여 데생을 하고 있는 모습이었다.

사람들의 마음 속에는 무엇을 마음껏 그리고 싶다는 욕망이 숨어 있는 것은 아닐까!

사람을 그린다는 것을 무엇일까. 그리고 그림을 그린다는 것은. 학원 선생님이 나에게 그림 그리는 솜씨가 어떤지 보자고 하면서 스케치북에 그림을 그려보라고 하셨다.

나는 여러 가지 색깔 크레파스로 하얀 지면을 마구 색칠했었는데 선생님 표정을 보니 놀란 것 같았다. 정물화나 풍경화 같은 것을 그릴 줄 알았는데 어떤 형태도 갖추지 않고 이 색 저 색으로 지면을 채웠으니 말이다.

지금 생각해도 쿡쿡 미소가 나온다. 나는 크레파스가 닳아 없어지는 걱정 없이 마음껏 색칠을 했던 것이다. 어쨌든 나는 미술학원에 다닌 경력으로 초등학교 때 그림을 잘 그리는 아이로 불렸다.

내 그림이 초등학교 복도에도 전시가 되었는데 초등학교 4학년 때 전주에서 서울로 이사를 오는 바람에 미처 그림을 가져오는 것을 챙기지 못했다.

나는 아직도 그 그림이 복도에 가만히 걸려있는 꿈

을 꾼다. 서울로 이사를 온 이후로 학교에 한 번도 찾아간 적이 없는데 어쩌면 주인 없는 그림이 어디론가 사라졌을지도 모른다는 두려움 같은 복합적인 감정이 나를 사로잡기도 한다. 그래서일까. 아직까지 학교에 찾아가지 않는 까닭모를 이유를 나 혼자서 맘속에 품고 있다.

요즘 서점가에 부는 컬러링북을 보면서 잠시 덮어두었던 내 유년의 일들이 떠올랐다. 사람들은 왜 컬러링북에 열광할까.

언젠가 지인이 미술치료를 통해 우울증에서 벗어났다는 이야기를 들었다. 미술은 화가들만이 그리는 작업으로, 치료를 위한 과정으로, 여가시간을 활용하는 문화적인 활동이었다면 이제는 미술이 생활 속으로 들어왔다.

책은 '읽는다'라는 행위이지만 이제는 '그린다'도 읽는 과정이다. 독서 패러다임이 바뀐 것이다.

1인 미디어 시대에 살고 있는 우리는 독서 또한 내가 체험을 통해 읽고 싶은 욕망이 독자들에게 있는 것이다.

아이의 마음으로 어른들까지 색칠놀이를 하면서 우

리 마음 저변에 깔려 있는 무엇을 마음껏 그리고 싶다는, 내 마음을 표현하고 싶다는 욕망을 보여주려고 하는 것은 아닐까.

밥에 대한 기억

나는 전주 진북동이라는 곳에서 태어났다. 내 유년 시절의 기억들은 파편처럼 여기 저기 흩어져 있다가 어떤 소설을 읽거나 드라마를 볼 때 하나씩 모아졌다가 다시 흩어진다.

기억의 순서는 잘 모르겠다. 초등학교 입학식을 하던 날 운동장에서 긴 줄을 섰던 기억, 한 학급에 칠십 명의 학생들이 오글거렸던 기억, 미술대회에서 상을 타 복도에 내 그림이 걸렸던 기억, 동네친구들과 집 뒷동산에 올랐던 기억, 키우던 토끼 두 마리가 죽었던 기억, 계란 심부름을 다녀오다가 계란 다섯 알을 땅에 떨

밥을 먹는다는 일은 거룩한 일이다.

어트려 모두 깨버렸던 기억, 심부름 갔다가 내가 무엇을 사러왔는지 잊어버렸던 기억, 내 몸보다 컸던 탐스러웠던 연꽃, 십일월의 하얀 눈, 친구 부모님의 이별, 외할머니와 기차를 타고 서울로 올라가던 기억, 서해안의 검푸른 바닷물, 전주에서 서울로 이사를 가던 기억, 일기장, 그리고 엄마의 눈물….

그 중 아찔했던 기억은 내 여동생을 잃어버렸던 기억이다. 분명 집에 나와 함께 있었던 동생이 한 순간에 사라졌다.

나는 동생을 잃어버렸다는 이유로 엄마에게 엄청 혼이 났고 결국 며칠 후에 경찰서에서 사라진 동생을 찾았다는 연락이 오면서 나는 그제야 숨을 쉴 수 있었다.

집에는 나와 여동생이 있었는데 대문이 열려 있었는지 여동생이 아장아장 걸어 나간 것이다. 나중에 엄마 얘기로는 여동생이 세 살 때라고 한다.

휴일이었는데 어느 가난한 집 젊은 부부가 밥에 물을 말아 노릇노릇 구운 갈치 살을 숟가락에 올려 여동생 입에 떠 넣어주고 있었다고 한다.

젊은 부부는 아장아장 걷는 아이가 길가에서 애타게 울고 있기에 집으로 데리고 왔단다. 마침 아이가 없던 터라 부모가 찾지 않으면 키우려고 했다고 한다. 엄마가 잃어버린 여동생을 찾으면서 안도하셨던 것은, 여동생이 굶지 않고 밥을 먹고 있었다는 것이다.

또 하나는 혼식과 간식에 대한 기억이다. 서울로 이사 온 초등학교에서는 점심시간 전에 간식을 먹는 시간이 있었는데 선생님은 학생들이 어떤 간식을 싸가지고 왔는지 검사를 하셨다. 아이들은 감자나 고구마, 빵 등을 싸가지고 와서 먹었는데 나는 아무것도 싸오지 못했다.

아버지 사업이 폭삭 망해서 일거리를 찾아 서울로 이사를 왔기 때문에 점심도시락 싸오는 것도 간신히 해결해야 할 정도였다.

내 어린 눈에 학생들이 간식을 싸가지고 와서 같은 시간에 혼자서 먹는 풍경이 요상스러웠다. 점심시간에는 혼식을 하는지 안하는지 선생님께서 학생들 도시락을 점검하셨는데 나는 매일 왜 혼식을 안 하느냐는 선생님의 핀잔을 들어야 했다. 혼식은커녕 한 끼를 먹는 것도 나에겐 매우 큰일이었다.

내가 학교에 가기 싫었던 이유 중 하나가 간식과 점심시간 때문이었다.

이 글을 만약 우리 부모님께서 읽으시면 가슴이 아프시겠지만, 그땐 집에 가서 간식이나 혼식 투정할 정도로 집 형편이 좋지 않았기에 선생님께 핀잔을 들어도 스스로 삭여야 했다. 나중에 성인이 되고서야 알았는데 내가 초등학교 때에는 정부에서 혼식과 간식을 해야 하다는 운동이 일었다고 한다.

최근 뉴스에서 급식이 논란의 중심이 되고 정치적으로도 이슈가 되고 있으며, 서울의 어떤 고등학교에서는 급식비를 내지 않았다는 이유로 학생에게 밥을 먹지 말라고까지 했다는 뉴스를 듣고 참 마음이 씁쓸했다.

천양희 시인의 〈밥〉이란 시가 있다.

외로워서 밥을 많이 먹는다던 너에게
권태로워 잠을 많이 잔다던 너에게
슬퍼서 많이 운다던 너에게
나는 쓴다

궁지에 몰린 마음을 밥처럼 씹어라
어차피 삶은 네가 소화해야 할 것이니까

"몸에 한 세상 떠 넣어주는, 먹는 일의 거룩함이여" 라는 황지우 시인의 〈거룩한 식사〉처럼 밥을 먹는다는 일은 거룩한 일이다. 밥을 먹지 말라고 말할 수 있는 사람은 이 세상에 아무도 없다.

Eunki

사랑이라는 물음

눈이 녹는다는 우수에 문득 나는 여자로서 남자에게 사랑받고 싶은 여자로, 아주 평범한 여자로 살고 싶다는 생각을 했다.

봄기운이 스며드는 아침햇살처럼 따뜻함을 자연스럽게 느끼면서…

아마 세상 모든 여자들이 바라는 일일 것이다.

대중문화의 가장 큰 주제는 사랑이다. 사랑의 설렘과 이별의 아픔을 이야기한다. 우리에게 사랑이란 과연 무엇일까. 사랑이 뭐길래 우리는 사랑 때문에 울고 웃는 것일까.

알랭드 보통은 《우리는 사랑일까》라는 소설에서 이렇게 썼다.

> 사람마다
> 사랑이라는 개념도
> 다를 뿐만 아니라
> 사랑이라는 것을
> 어떤 특정한 단어로
> 설명하기에도
> 모호하다.

"사랑의 권력은 아무것도 주지 않을 수 있는 능력에서 나온다. 상대가 당신과 같이 있으면 정말 편안하다고 말해도, 대꾸도 없이 TV 프로그램으로 화제를 바꿀 수 있는 쪽에 힘이 있다. 다른 영역에서와는 달리, 사랑에서는 상대에게 아무 의도도 없고, 바라는 것도 구하는 것도 없는 사람이 강자다. 사랑의 목표는 소통과 이해이기 때문에, 화제를 바꿔서 대화를 막거나 두 시간 후에나 전화를 걸어주는 사람이, 힘없고 더 의존적이고 바라는 게 많은 사람에게 힘 들이지 않고 권력을 행사한다"

(《우리는 사랑일까》 중에서, 은행나무).

알랭드 보통은 광고회사에 다니는 앨리스가 파티에서 만난 에릭과 사랑하고 이별하는 과정을 세심한 심리묘사를 통해 보여주고 있다. 소설이라기보다는 사랑 심리학 같은 독특한 책이다.

사랑을 얻기 위해 울고불고 하며 결말이 뻔한 통속적인 사랑이야기가 아니라 아주 냉철하게 나와 상대 사이에서 사랑이라는 감정의 순수성을 관찰하고, 독자로 하여금 나는 정말 사랑하는 것일까를 빗대어 보게 한다. 사실 사랑이라는 단어는 매우 추상적이지 않은가. 사람마다 사랑이라는 개념도 다를 뿐만 아니라 사랑이라는 것을 어떤 특정한 단어로 설명하기에도 모호한 측면이 있다.

그럼에도 누군가 나에게 사랑이란 무엇이냐고 묻는다면, 나는 사랑이란 책임이라고 말하고 싶다. 알랭드 보통이 사랑의 권력을 말했지만 진정한 사랑 속에 권력이 자리 잡을 수 있을까란 생각이 든다. 이미 서로에게 사랑의 권력을 가늠해 보기 시작한다면 아마 머릿속이 복잡해서 이별하고 말 것이다.

우리 부모님 이야기를 하고 싶다. 엄마는 아빠를 만나지 않았다면 더 여건이 좋은 남자를 만나 지금보다 잘 살고 있을 것이라는 푸념을 늘어놓으실 때가 있다. 남녀가 만나 결혼해 살면서 얼마나 많은 갈등이 있겠는가. 내가 아빠를 존경하는 이유는 그런 푸념을 늘어놓은 엄마에게 단 한 번도 내가 당신 같은 여자를 만난

게 잘못이고 다른 여자를 만나 결혼했으면 더 좋았을 거란 말을 하신 적이 없다는 것이다. 아빠 혼자서 맘속으로 그런 푸념을 하시는지는 모르겠지만 엄마의 푸념에 따라 대응하신 적은 없으셨다.

언젠가 엄마에게 물은 적 있다. 엄마는 아빠를 사랑하느냐고. 다른 남자를 만나 더 행복하길 원한다면 아빠와 헤어지면 되지 않느냐고. 그런데 엄마는 이렇게 말씀하신다. “너희 아빠는 내가 없으면 아무 것도 못 하신다!” 나는 엄마의 말을 책임감이라고 받아들였다.

심장이 두근거리고 설레고, 잠들기 전에 생각나서 잠을 설치고, 맛있는 것을 먹을 때 생각나고, 아프면 그 사람이 생각날 때, 이 모든 것을 우리는 사랑이라고 부른다.

새롭지는 않지만 현재 그 모습 그대로를 받아들이고 책임을 지는 것도 사랑이다. 상대에 대한 언어나 물리적인 폭력을 제외하고 말이다. 그래서 나는 젊은 사람들에게 말해주고 싶다. 책임감이 있는 사람이 나를 진정 사랑해주는 사람이라고. 내 인생에 성실한 사람이 사랑하는 사람에 대해서도 성실하다는 것을.

허수아비 춤

언젠가 뉴스의 핫이슈가 'G20'인 적 있었다. 20개 나라 정상들이 모이고 세계의 기업인들이 참석하는 G20은 우리나라가 의장국 역할을 함으로써 한국이 변방에서 중심 국가로 떠오르는 계기가 될 것이라며 자못 들뜬 분위기였다.

서울 G20 비즈니스 서밋 개막 총회에서 지속 가능한 균형 성장을 달성하기 위해서는 기업의 역할이 중요하다는 내용을 담은 개회사를 들으면서 조정래 선생이 펴낸 《허수아비 춤》이라는 장편소설이 생각났다.

《허수아비 춤》은 3대 대하소설 《한강》, 《태백산

맥》, 《아리랑》의 연장선이자 압축된 작품이라고 할 수 있다. 스카우트, 스톡옵션, 편법·불법 상속, 차명계좌, 비자금, 상납 같은 상류사회의 돈놀이가 펼쳐지고, 세태와 풍속에 대한 풍부한 재현들로 산업사회의 성장의 빛과 그늘, 자본과 분배의 문제를 날카롭게 그려냈다.

서로서로 가꿔주고 사랑을 베풂으로써 사람다운 세상이 만들어지는 소망을 품어본다.

등단 40주년을 넘긴 조정래 소설가는 우리나라 근현대사의 질곡을 온몸으로 써온 작가라 해도 과언이 아닐 정도로 작품에 깃든 혼은 아마도 영원하리라 본다.

출간된 책의 수명이 3개월에서 6개월임을 감안한다면 《태백산맥》은 세상에 나온 지 20년이 훨씬 지났는데도 아직도 독자들에게 널리 읽히고 있지 않은가. 100년이 지나도 읽히는 문학 작품은 또 다른 역사의 유산이라 생각된다.

소설이 출간된 후 시월의 어느 날 예술의전당 앞 카페에서 조정래 선생을 만나 인터뷰를 한 적이 있는데, 그는 '경제민주화'라는 낯선 단어를 얘기했다.

선생의 말을 요약하면, 기업인들은 양심적으로 투명하게 경영하고, 세금을 정직하게 내야 한다는 것, 그리고 국가는 기업이 세금을 제대로 냈는지 감시해서 궁극적으로는 국민을 위해 복지사회를 만드는 것, 인간답게 사는 사회를 만드는 것이 경제민주화라는 의미다.

소설가가 말하는 것처럼 우리는 풍요롭고 인간답게 살기를 원한다. 경제민주화를 이루기 위해서는 기업인들이 투명하게 경영하고 세금을 정직하게 내는 것도 중요하지만, 결국 그 민주화를 이루기 위해서는 국민 스스로가 주인이 되는 것이 아닐까 한다.

민주주의는 산에 있는 나무가 아니라 화초와 같다. 산에 있는 나무들은 우리가 돌보지 않아도 자연의 힘에 의해 제대로 큰다. 그러나 화초는 1주일만 물을 주지 않으면 말라 죽는다.

세심하게 사랑으로 매일 돌봐야 되는 것이 화초이듯 민주주의도 마찬가지이다. 서로서로 가꿔주고 사랑을 베풂으로써 사람다운 세상이 만들어지는 것이리라.

경제민주화를 이루기 위해서는 사회적 병균인 파렴치한 개인 이기주의를 버려야 한다고 했는데, 파렴치한 개인 이기주의는 비단 기업에서만 일어나는 것이 아닐 것이다.

작가가 "이런 소설을 쓸 필요가 없는 세상을 소망하면서 이번 소설을 썼다. 그러나 이런 소설이 완전히 필요 없게 될 세상은 오지 않을 것임도 잘 알고 있다. 그 도정이 인간의 삶이고, 우리네 인생 아닐까"라고 말했듯 선과 악이 함께 존재하고 미움과 사랑이 겹쳐지는 것이 우리가 사는 세상이다.

이런 세상을 눈물겹도록 사랑하고 살아내야 하는 것이 우리가 사는 삶이리라.

Anne of Green Gables

2011 EUNKI

Season 2

여름꽃 이야기

한여름 밤에 읽는 '적설'

나는 전쟁을 경험하지 않은 세대이지만, 현재 우리가 사는 현실은 은유적으로 전쟁터다.

책을 업으로 삼고 있는 나는 집에서 가장 많은 공간을 차지하고 있는 책들이 항상 골치였다. 책에 대한 욕심을 비우고 결국엔 문학만 남기자는 마음을 먹은 후부터는 몇 차례 이사를 하면서 일생 함께 살아갈 책들이 자연스럽게 정리됐다.

사랑하는 사람을 오랫동안 보지 못하면 더 그리워지듯, 눈에 보이지 않으면 밤새 애태우며 찾는 책들이 있다. 그중 하나가 스물여섯 살의 나이로 요절한 독일 작가 볼프강 보르헤르트가 쓴 《이별 없는 세대》라는 단편집이다. 문고판에다 쪽수도 많지 않아 덩치가 큰 책들 사이에라도 끼어 있으면 숨바꼭질하며 찾는 작은 책이다.

이 작은 책에는 웅크린 심장을 토닥여주는 이야기들이 담겨 있다. 그중 한 편이 '적설'이라는 매우 짧은 소설이다. 녹음이 풍만한 계절에 읽는 '적설'은 한 단어, 한 문장씩을 입안에서 곱씹고 삼켜야 하는 문체가 매력적이다.

"가지마다 눈이 걸려 있다. 기관총 사수는 노래를 불렀다. 그는 러시아의 숲 속 저 멀리 돌출한 초소에 있었다. 그는 크리스마스 캐럴을 불렀는데 때는 이미 이월 초였다. 그러나 눈이 몇 미터나 쌓여 있었다"라고 시작하는 소설은 러시아 기관총 사수가 눈이 많이 내리는 겨울, 전쟁터에서 느끼는 공포감과 외로움이 묘사돼 있다. 마치 읽는 이가 기관총 사수가 된 듯 눈이 내리는 겨울 어느 날이 매우 생생하게 전해진다.

"가지마다 흰 눈이 매달리고 귓속에서 피가 커다랗게 솨솨 소리를 냈다. 그리고 땀이 이마 위에서 얼어붙었다. 땀이 철모 밑으로 흘러나왔다. 한숨 소리 때문이었다. 무엇인가 혹은 누구인가의 눈은 그 소리를 가만히 숨겨두고 있었다. 그 소리 때문에 이마 위에서 땀이 얼어붙었다. 한숨 소리. 뒤쪽이다. 다시 오른쪽. 멀리 앞쪽. 다시 이쪽저쪽 또 저기도." (〈적설〉 중에서)

그가 공포를 극복하는 방법은 한숨 소리가 들리지 않게 큰 소리로 크리스마스 캐럴을 부르는 것이었다.

이 소설이 애틋한 이유는 전쟁터에서 기관총 사수가 죽음과 맞닿은 공포와 외로움 속에서도 희망을 포기하지 않기 때문이다. 비극적인 현실을 '웃음'으로 치환해버리는 재치와 여유가 오히려 더 눈물겹다.

전쟁은 폐허를 남긴다. 그것이 물리적인 전쟁이든 정신적인 전쟁이든. 나는 전쟁을 경험하지 않은 세대로서 전쟁에 대한 공포와 두려움에 대해 감히 이렇다 이야기할 입장은 아니지만, 현재 우리가 사는 현실은 은유적으로 전쟁터다. 경쟁에서 살아남아야 하는 현실, 내면에서 일어나는 심리적 갈등을 겪으면서 살아간다.

몇 해 전부터 출판시장에서는 희망을 주고자 하는 책들이 인기를 얻고 있다.

청춘, 희망, 힐링이라는 콘셉트가 트렌드로 떠올랐다. 실용서라고 불리는 책들도 나름대로 의미가 있겠지만, 실용서 열 권 읽는 것보다 소설 한 편이 강력한 힘을 줄 때가 있다.

마음이 고픈 사람들

지구와 이어지고
자신과 이어지고
사람들과 이어지는
것이야말로 진정한
행복이다.

여름에 '섬진강 시인'으로 불리는 김용택 시인을 만났었다. 인터뷰하기 위해 그가 살고 있는 전주에 다녀왔다. 시인은 시란 삶의 일부라고 고백했다.

"시를 쓰는 의미는 우리가 살고 있는 이 세상의 핵심에 가닿고 싶은 것입니다. 시를 쓰기 위해서는 우리 삶을 자세히 보아야 하는데, 그곳에는 무수한 삶이 복잡하게 엉켜 있습니다. 그것을 잘 읽고, 그것들이 말해주는 것을 받아쓰면 됩니다."

소설을 써보겠다며 습작을 하던 시절에 내가 가지

고 있었던 습관은 사람들을 관찰하는 것이었다. 일부러 모란시장이나 소래포구를 찾아가서 그곳에서 펼쳐지는 사람 사는 모양들을 눈에 담느라 안간힘을 쓰던 생각이 난다.

그 습관이 몸에 배었는지 지금도 버스를 타거나 길을 걸을 때, 식당에서 밥을 먹을 때나 카페에서 차를 마시면서도 그네들의 행동을 염탐하느라 즐거운 시간을 보내기도 하지만 사람들에게 새겨진 세월의 주름들을 보노라면 마음이 숙연해지기도 하였다.

비록 소설가로 등단하지 못하였지만 습작시절에 익힌 관찰은 나에게 다른 선물을 주었는데, 바로 사람을 향한 그리움이다.

직업상 책을 지은 저자나 기업의 CEO를 인터뷰하며 그리움을 해소시키고 있는데, 글을 쓰면서 문득 외양만으로 그 사람이 살아온 삶을 추측해 본다는 것이 참 허망한 일임을 알았을 때 알 수 없는 죄책감과 슬픔이 밀려왔다.

겉모습은 선하게 보일지라도 마음은 보이지 않으니 사람의 마음에 가닿을 수 있는 길은 요원한 것일까.

이런 생각은 디지털 시대인 요즘에 더욱 간절해진다. 지하철을 타면 좌석에 나란히 앉은 사람들이 휴대폰 액정을 들여다보고 있는 모습은 낯설지 않은 풍경이다.

《세상은 넓고 할 일은 많다》라는 책 제목처럼 광활한 세상에 사람들은 손바닥만 한 휴대폰에 고개를 조아린다.

시대가 좋아져서 사람들과 소통할 수 있는 방법들이 빠르고 편리해졌지만 저마다 마련해 둔 세상 속에서 사느라 사람들 사이의 거리는 더 멀어지는 것 같다. 빈곤해진 소통으로 우리는 마음의 허기를 느끼고 산다.

슬로 라이프의 제창자인 쓰지 신이치는 저서 《행복의 경제학》에서 "행복은 결국 자신이 살고 있는 땅과 조화이자 주변 사람들과의 깊은 유대감, 그리고 얼마나 느린 시간을 살아내고 있느냐에 달려 있다. 지구와 이어지고 자신과 이어지고 사람들과 이어지는 것이야말로 행복의 근원임을, 돈이나 물건이 아닌 충분한 시간을 가진 것이야말로 진정한 행복이다"라고 조언한다.

아무리 잘난 기계에 내 마음을 비추어도 정신적인 허기는 채워지지 않을 터. 사람이 사람에게 가닿을 수 있는 방법은 서로 믿고 사랑할 때이리라.

시인의 말마따나 세상을 들여다보는 일은 세상을, 사람을 온전히 사랑하라는 말과 다름없을 것이다. 마음이 고픈 시대에 허기를 조금이나마 채울 수 있는 방법은 멀리 있지 않다. 그래서 사람을 향한 그리움은 멈추지 않는 것인가.

무엇이 우리를 행복하게 하는 가

주위 환경에서 행복에 가장 지속적인 영향을 미치는 요인은 결국 자기 자신이다.

누군가 나에게 물었다. **"행복해?"**

여름의 끝자락에서 만난 이외수 작가는 그야말로 첩첩산중에서 살고 있었다. 강원도 화천시가 마련해 준 '감성마을' 촌장으로 살아가는 작가는 도시에서 생활하는 현대인들과 다른 세계에 살고 있었다.

마을이라고 하지만 오도 가도 못하는 깊숙한 산골짜기에 덩그러니 집 한 채뿐이다. 이런 곳이야말로 꿀맛 같은 평온을 누릴 수 있는 안식처 같은 곳이련만 세상과 금을 그어놓고 살기에는 부담스럽게 여겨지는 것이 나도 어쩔 수 없는 도시사람인가 보다.

시대의 아이콘인 작가는 자연 속에서 자연스럽게 자연의 일부처럼 살고 있다. 첩첩산중에서 사는 작가가 독자들과 소통하는 방법은 트위터다.

작가는 "애정이 풍부해서 사물이나 사람이나 보는 것들마다 예쁘고 아름다워 보이니까 정신적으로 부자이고 행복하다"고 고백했다.

"예술은 행복에 이르는 길잡이가 되어 줍니다. 정신과 물질이 균형이 잡혀 있을 때 행복에 이를 수 있는데 예술이 그 역할을 담당합니다. 우리 사회가 우울증 환자가 많아지고 자살하는 사람들이 늘어나는 이유는 정신과 물질의 균형이 깨졌기 때문이에요."

행복이라는 감정은 워낙 주관적이어서 어떤 상태가 행복한 상태인가는 사람마다 다를 것이다. 자신의 성격을 고치는 것이 건강하고 행복하게 살 수 있는 비결이라는 이외수 작가의 말을 듣고 스튜어트 매크리디가 지은 《행복에 대한 거의 모든 것들》이라는 책이 생각났다. 이 책은 3000여년의 역사 속에서 인간이 행복하기 위해 추구하고 탐구해 온 기나긴 여정을 철학, 종교

뿐만 아니라 과학적인 통찰까지 두루 섭렵해 담았다.

작가를 만나고 돌아온 나는 책을 펼쳤다. 읽으면서 밑줄을 그어놓은 문구가 눈에 들어온다.

"행복과 가장 밀접한 상관관계를 갖고 있는 것은 개인의 성격이다. 타인과 함께 있는 상태를 얼마나 쉽게 즐길 수 있는가, 또는 짜증스러운 일에 얼마나 쉽게 고통을 받는가. 우리는 행운이나 불운에 영향을 받지만 운의 변화에 익숙해지면 누구나 자기가 타고난 행복 수준을 되돌아가는 것 같다. 주위 환경에서 행복에 가장 지속적인 영향을 미치는 요인은 결국 자기 자신이다. 남과 좋은 관계를 맺고, 자신의 일에 흥미를 느끼고, 여가에 정말로 만족스러운 일을 하면 우리는 더 행복해진다."

(《행복에 대한 거의 모든 것들》 중에서)

고대나 21세기 디지털 시대나 행복은 살아가는 이유이고 삶의 종착지인 것이다. 그래서 누구나 행복해지길 바란다. 자신은 불행한데 행복하게 웃는 소리를 듣고 살인을 저질렀다는 뉴스를 듣고 놀랍기도 했지만 참 슬펐다. 행복하다는 표현조차도 마음껏 할 수 없는 삭막한 세상인가라는 생각에 누군가 나에게 물었던 "행복해?"라는 질문이 떠올랐다.

새벽에 창가로 내려앉는 풀벌레 소리가 청량하다. 바람이 흰 살결처럼 보드랍다. 어느덧 가을이 우리 귓가에서 머문다. 이 계절을 느낄 수 있다면 행복한 사람이리라.

Let's go Picnic

책이
인생을 바꿀 수 있나

카를로스 마리아 도밍게스는 작가이자 문학 비평가이며 저널리스트로 '책이 인생을 바꿔놓는가' 라는 화두를 던진다.

과연 책이 우리 인생을 구원할 수 있을까. 책에 대한 헌사와 찬사가 쏟아지는 시대에 책은 위험한 것이니 읽지 말라고 반론을 제기하는 사람은 없다. 모두가 입을 모아 책을 읽어야 한다고 외친다. 그런가 하면 읽지도 않는 책을 쌓아두는 사람도 적지 않다.

독일의 문예비평가인 발터 벤야민도 책과 골동품 수집광이었다. 그의 서재를 방문한 사람들이 매번 던지는 질문은 "이 많은 책을 다 읽으셨습니까?"이다. 벤야민은 이렇게 답했다. "당신은 집에 둔 그릇과 찻잔을 모두 쓰시나요?"

최근 읽은 책 중에 《위험한 책》이라는 소설이 있다. 소설에 등장하는 카를로스 브라우어도 벤야민에 뒤지지 않는 책 수집가로 2만 권이 넘는 책을 소유한 애서가이다. 또한 고서를 손에 넣기 위해 수단과 방법을 가리지 않는다. 거실과 복도는 물론이고 자신의 침실마저 책에 점령당하고 욕조가 딸린 다락방에서 기거할 정도다. 김이 서려 책이 찢어질까 두려워 추운 겨울에도 찬물로 씻을 정도로 책에 대한 애정이 끔찍하다.

《위험한 책》은 책을 둘러싼 사랑 이야기로 에밀리 디킨스의 시집을 읽다가 교통사고로 사망한 케임브리지 대학 스페인어 학과의 여자 교수 블루마 레논의 죽음을 둘러싸고 이야기가 전개된다. 주인공은 교통사고로 죽은 블루마의 애인이다. 그는 사랑하는 연인이 죽은 후 책에 시멘트를 발라 집을 짓고 사는데, 이는 사랑하는 연인을 대신하는 책들과 헤어지지 않는 유일한 방법이다. 책에 온전히 인생을 바친 그가 할 수 있는 것은 책이라는 몸속으로 자신이 들어감으로써 책과 하나가 되는 것이었다.

"그는 내게 아무 페이지나 펼쳐 각 단어의 간격으로 생겨난 수평이나 수직 방향의 길을 쫓아가 보라고 했다. 그의 말대로, 과연 내 눈앞에 행과 행이 만들어내는 긴 통로들이 나타났다. 마치 단락들을 횡단하거나 때로는 끊어지다가, 끊어지면 대각선 방향으로 진로를 터서 종횡으로 또는 자유롭게 낙하하듯이."

(《위험한 책》 중에서)

이 소설이 갖는 매력은 작가의 기발한 상상력에 있다. 남녀의 사랑을 책이라는 매개체를 통해 보여준 것도 그러하지만 문자 간 공간과 행간들이 만들어내는 '통로'를 우리가 책에 집착하게 되는 이유로 설명한다. 소설을 쓴 카를로스 마리아 도밍게스는 작가이자 문학 비평가이며 저널리스트로 '책이 인생을 바꿔놓는가'라는 화두를 던진다.

인간은 고독한 존재이다. 《위험한 책》은 고독이 만들어내는 결핍, 집착, 광기, 자기 파괴의 과정을 보여준다. 사람보다 책을 더 사랑한 남자, 그런 남자를 연민으로 바라본 여자. 남자와 여자 사이에서 인간의 본질을 파헤치는 주인공. 마술처럼 펼쳐지는 소설은 '언어는 존재의 집'이라는 명제를 흐릿하게 만든다. 존재는 언어로 표현하지 못하는 그 무엇으로 또 존재한다.

책은 우리가 만든 욕망을 대신해 주는 대상에 불과하지 않을까. 가없는 욕망은 결국 죽음으로써 완성된다. 그러니 책은 위험할 수밖에.

여름꽃이야기

나를 찾고
너에게 가는 길

사랑은 어떻게 너에게로 왔던가.
햇살이 빛나듯이
혹은 꽃 눈보라처럼 왔던가.
기도처럼 왔던가.
말하렴!

사랑이 커다란 날개를 접고
내 꽃피어 있는 영혼에 걸렸습니다.

(릴케, 〈사랑은 어떻게〉 중)

계절이 익어가는 산을 바라보면서 드는 생각은 우리도 아름다운 빛깔을 자아내며 삶을 변화시킬 수 있다는 것이다. 내가 살고 있는 아파트는 산등성이가 완만하게 내려오면서 평지를 만들어 낸 곳이다. 도심을 떠나서 살고 싶었기에 매일 출퇴근하기에는 거리가 멀지만 집에 있는 시간만이라도 자연과 가까이 있고 싶었다.

창밖에는 작은 언덕으로 된 공원이 있고 뒤편에는 낮은 산이 그대로 있다. 겨울이 다가오면 이파리들은 땅에 떨어져 숨을 거두고 잿빛을 내면서 고요하다. 어떤 생명이든 소멸된다는 것은 안타까운 일이다. 사랑도 그렇다. 사랑은 시간이 지날수록 빛바랜 사진처럼 흐릿해지며 서로의 사랑이 식지 않더라도 죽음으로써 소멸된다.

눈물 없는 사랑은 사랑이 아니다. 당신을 위해 울어 줄 사람이 곁에 있는가?

우리가 헤어지던 그날, 우리의 눈물이 몸을 휘감았다. 켜켜이 쌓인 눈물은 흐르지 못하고 고요하다. 우리는 서로 사랑한 만큼 눈물을 쏟았다. 몸속에 그렇게 많은 눈물이 담겨있다는 것이 놀라웠다. 흐르고 흘러서 우리의 시간을 모두 적셨다. 난 남자의 눈물이 그렇게 숭고하고 고귀한 것인 줄 몰랐다. 우리가 흘린 눈물은 서로의 상처를 감싸는 약이 되었고 그렇게 몸속의 모든 눈물을 쏟아내고서야 이별할 수 있었다.

눈물 없는 사랑은 사랑이 아니다. 당신을 위해 울어 줄 사람이 곁에 있는지. 당신을 위해 울어 줄 사람이 곁에 있다는 것은 행복한 일이다. 나는 오늘, 당신을 위해 울 준비가 되어 있다.

사랑하는 사람과 헤어졌다고 해서 너무 상심하지 말기를 바란다고, 사랑하는 사람을 잃어 가슴 아픈 이에게 아파하지 말라며 충고하지 않는다. 나는 오히려 마음껏 상심하고 울고 괴로워하라고 말한다.

사랑에 실패한다고 좌절할 일은 아니다. 사랑에 실패할수록 진정한 사랑이 기다리고 있다. 사랑에 실패할까 두려워 말고 많이 사랑하고 실패하라. 실패할수록 진정한 사랑이 우리에게 다가올 것이다. 생각해 보면 우리에게 사랑할 날들이 많지 않다. 나를 찾고 그대에게 가는 길은 곧 내 인생을 사랑하는 일이다.

Thank you

사랑은 나를 찾아가는 여정

페이스 북에 올라온 글 중에서 20대와 30대가 사랑하는 법의 차이점을 소개한 기사가 흥미로웠다.

요약해 보면, 20대는 재미있는 데이트를 원하고 30대는 정착할 사람을 찾는 데이트를 원한다. 20대는 자극을 원하고 30대는 같은 방향을 가는 사람을 원한다. 20대는 멋진 사람을 원하고 30대는 나를 더 나은 성향으로 만들어 줄 사람을 원한다.

20대는 불같은 관계를 원하고 30대는 오래가는 부드러운 관계를 더 선호한다. 20대는 결혼을 쉽게 생각하고 30대는 한 사람에게 정착하기 전에 상대를 더 많이 알기를 원한다.

상대를 진정으로 사랑한다면 사랑의 고통을 주고 싶지 않기에 더 신중하게 사랑하게 된다.

20대는 비슷한 관심거리를 원하고 30대는 같은 목표를 가진 사람을 원한다. 20대는 자신을 생각해주는 사람을 원하고 30대는 계속해서 관심을 주는 사람을 원한다.

20대는 사랑할 누군가를 원하고 30대는 당신을 어떻게 사랑할지 아는 사람을 원한다. 20대에는 우정보다 사랑에 눈이 멀고 30대에는 우정에서 오는 관계의 가치를 중요하게 여긴다.

20대는 즐길 수 있는 사람을 원하고 30대는 자신을 더 발전시킬 수 있는 사람을 원한다. 20대는 성적 탐험을 하는 것을 흥미진진해 하고 30대는 성적으로 본인이 원하는 것을 더 잘 알게 된다.

20대는 헤어진 애인에게 또 한 번의 기회를 주고 30대는 깨끗하게 헤어지는 것이 최선이라는 것을 안다. 20대는 자신을 더 행복하게 만들어주는 사람을 원하고 30대는 자신을 계속 행복하게 만들어줄 수 있는 사람을 원한다.

내 경우를 적용해 보면 대부분 맞는 말 같다. 그대는 어떤가. 이십 대는 첫눈에 반하고 설레고 밤잠을 설치는 느낌을 사랑이라고 생각했다면 삼십 대는 사랑이라는 감정에 좀 더 신중해진다.

일본의 소설가 시라이시 가즈후미는 "연애도 자아를 찾는 여행의 일종"이라고 말했다. 연애소설 전문작가로 알려진 그가 쓴 《서른다섯, 사랑》(레드박스)이라는 소설에 이런 구절이 있다.

"나는 당신만은 배신하지 않겠다고 맹세했다. 그리고 당신도 나만은 배신하지 않을 거라 믿었다. 사랑이 부족했던 것일까? 사랑이 서툴렀던 것일까? 아니면 내가 당신을 너무나 사랑해 부담스러웠던 것일까? 그때 내가 겪은 고통을 알아? 내가 나 자신이 아니게 되고, 가슴속 깊은 곳에서, 머릿속 중심에서 소용돌이치는 추한 감정과 혐오감에 끊임없이 시달려야 했어. 먹을 수도, 잠잘 수도, 웃을 수도 없었어. 나 자신의 마음을 목졸라 죽이고 싶었고, 나 자신을 포함해 어느 누구도 믿을 수가 없었고, 앞으로 어떻게 살아가야 할지 아무것도 보이지가 않았어"(64쪽).

알랭드 보통은 《사랑의 기초》라는 소설에서 사랑의 감정을 이렇게 말했다.

"사랑은 간절한 바람, 아무것도 먹을 수 없는 상태, 어떤 열병과도 같은 것, 끊임없는 성적 판타지, 그리고 무엇보다 사랑하는 사람이 유일무이하게 타당하고 소중한 존재라는 인식에서 비롯된 느낌을 뜻한다"(14쪽)

사랑에 서툴고 열병과도 같은 시간을 지나 삼십대가 되면 사랑하고 있는 나를 발견하게 된다. 소설에서처럼 사랑하면서 겪는 감정을 토해내면서 나의 본질을 알게 되고 점점 어떻게 사랑해야 하는지, 좀 더 솔직하게 얘기하자면 내가 상처받지 않는 사랑을 어떻게 할 수 있는지 알게 된다. 그리고 내가 사랑의 고통을 알기에 상대를 진정으로 사랑한다면 사랑의 고통을 주고 싶지 않기 때문에 더 신중하게 사랑하게 된다.

"생의 마지막 순간까지 사랑하는 이와 함께 살고 그 사람을 소유할 수 있으리라는, 연인들의 첫 번째 기대가 실은 얼마나 엄청난 것인지를 깨닫는 순간, 그 사랑은 최대의 시련과 맞닥뜨린다는 사실을"

(《사랑의 기초》 중에서).

알면 사랑하게 되고 사랑하면 세상이 보이게 되고 우리의 인생을 이해하게 된다. 다른 사람의 삶을 대할 때도 내가 세운 기준으로 재단하지 않고 융통성 있게 바라보게 된다.

이야기하기 위해 살다

계절이 바뀌면 책장을 정리한다. 내 방에 존재하는 책들은 소설이나 시 등 문학이 대부분이고 인문서들이 그들과 어울려 있다.

이승우 소설가는 산문집 《소설을 살다》에서 "소설은 내가 만든 집이지만, 그래서 그렇게 허술하지만, 그러나 나를 살게 하는 집이기도 하다. 나는 내 소설 안에서, 소설과 함께 산다"라고 고백했는데, "나를 살게 하는 것은 무엇이며, 나는 무엇과 함께 사는가?"라는 자문을 해본다.

우리는 무수한 이야기에 둘러싸여 산다. 하룻밤 자

고 나면 밤새 일어났던 사건이나 사고들이 뉴스로 떠오르고 수많은 이야기들은 우리 귓가에 바람결처럼 스친다.

〈출판저널〉에 매일 도착하는 소설, 에세이, 인문서 등 많은 신간 포장을 뜯으며 과연 이 책 속에는 어떤 이야기들이 담겨 있을지 심장이 두근거린다.

삶은 그 삶을 얘기하기 위해 어떻게 기억하느냐 하는 것이다.

책장 한 장 한 장에 깨알 같이 담긴 글자들을 보면 멀미가 날 지경이지만 차곡차곡 쌓이는 책들을 보면서 세상은 내가 모르는 무수한 이야기들이 끊임없이 생성되는 거대한 기계와 같다는 생각이 든다.

며칠 전 연락이 뜸했던 친구로부터 전화가 걸려왔다. 이십대에 일찍 결혼해서 남부럽지 않게 잘 살고 있는 친구인데 나한테까지 연락한 것을 보면 무척 외로운 모양이다. 나는 본래 다른 이의 이야기를 잘 들어주는 터라 간단하게 인사를 나누고선 끊임없이 재잘거리는 친구의 이야기를 듣고 있었다.

남편 이야기부터 시댁 이야기, 중학생과 초등학생인 아이들 교육문제들이 꼬리를 물고 이어졌다. 특별한 이야기는 없었다. 우리가 익히 들어 알고 있는 일상 그 자체이다.

그렇게 한참 이야기를 듣고 있는데, 갑자기 울먹거리는 목소리가 전해졌다. 우울증이라고 한다. 친구는 가깝지도 않은 나에게 자신의 몸속 바닥에 쌓인 묵은 이야기들을 꺼내놓으며 치료받고 싶었던 것이리라. 현실이 만들어낸 친구의 이야기들은 녹이 슬어 쾨쾨한 냄새가 났지만, 코를 막고 싶을 정도로 유쾌하지 않은 냄새조차도 우리 삶인 것이다.

이야기들은 비단 소설 속에만 존재하는 것은 아니었다. 두꺼운 아스팔트 틈새를 뚫고 올라오는 풀잎처럼 현실이라는 일상 속을 비집고 올라오는 희망도, 욕망도 모두 우리 삶이다.

나는 문학인의 자서전을 즐겨 읽는 편인데, 그 중 소설 《백년의 고독》으로 유명한 가브리엘 가르시아 마르케스는 그의 자서전 《이야기하기 위해 살다》에서 이렇게 말했다.

"삶은 한 사람이 살았던 것 그 자체가 아니라, 현재 그 사람이 기억하고 있는 것이며, 그 삶을 얘기하기 위해 어떻게 기억하느냐 하는 것이다."

우울증을 앓고 있다는 친구의 이야기를 들으며, 마르케스의 이야기가 다시 스친다. 바쁘다며 그 친구의 이야기와 담을 쌓을 수도 있었으나, 나는 그 친구의 치료를 도와주고 싶었다.

친구의 우울증이 내 것처럼 느껴졌기 때문일까. 나도 누군가에게 이야기함으로써 치유 받고 싶을 때가 있으니까. 당신도 그렇지 않은가.

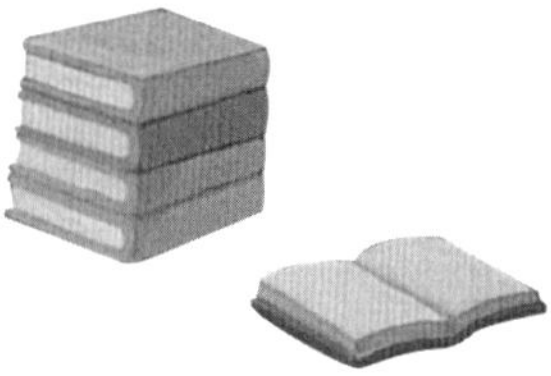

희망이 있는 곳으로

"선생님, 저는 어떻게 살아야 할까요?
희망이 없습니다."

내가 가르치고 있는 학생이 이메일로 보내 온 편지 중 일부이다. 스물한 살인 청년인데 수업시간에 진지한 눈빛으로 사물을 응시하는 대학교 2학년 학생이다.

존재에 대한 질문은 누구나 한다. 이 물음에 과연 명쾌하게 답을 풀어내는 사람이 있을까. 《역사 속의 인간》이라는 책을 보면 다음과 같은 질문으로 시작한다.

"우리는 누구인가? 삶, 생명이란 무엇인가? 오늘은

무엇인가? 그것은 언제인가? 여기는 무엇을 의미하는가? 그것은 어디인가?"

희망은 캄캄한 밤하늘에 반짝이는 별과 같은 것이다. 현재의 어둠이 없다면 희망은 존재하지 않는 것이다.

몇 문장을 읽고 나서 이 책을 읽어야 할지, 과감히 덮어야 할지 망설였다. 이런 질문들에 대한 답은 누가 명쾌하게 알려준다고 해서 해결되지 않으며, 책을 읽는다고 답을 얻기란 더더욱 아니라는 생각에서였다.

이 책을 쓴 카를 프리드리히 폰 바이츠체커는 1912년 독일에서 태어난 이론 물리학자이자 철학자다. 2007년 4월에 생을 마감한 그는 역사와 철학을 연구한 학자로 널리 알려져 있다. 《역사 속의 인간》에서 저자는 자연의 역사와 인간의 사유 역사를 배경으로 현대 인간의 삶에서 제기하는 긴급한 실천적 과제들에 대한 대답들을 제시한다.

'우리는 누구인가'라는 물음으로 시작해 '우리는 어디로 가는 가'로 귀착되는 이 책의 질량은 무겁다. 현학적이고 철학적이다. 예를 들면 이런 거다. "역사 속의 인간은 자연의 역사가 낳은 아이이다." 이러한 사유는 시간, 존재, 진리라는 형이상학적 문제를 핵심으로 자연과학, 사회과학, 그리고 정신과학을 지나 플라톤 이래로 수학과 물리학을 핵심으로 하는 철학에 관한 소묘와 종교의 길을 조망하고 있다.

내가 누구이고 어디로 가는지에 대한 물음에 또렷한 답을 얻지 못했지만, 내가 읽은 바로는 가장 가까운 답은 '희망'이다. 희망은 캄캄한 밤하늘에 반짝이는 별과 같은 것이다. 현재의 어둠이 없다면 희망은 존재하지 않는 것.

책에서도 "희망은 가능한 것에 대한 지각"이라고 했다. 하나의 길, 새로운 상징으로서의 길은 희망의 이정표들이다. 예측 불가능한 미래에 어렴풋이 품는 희망이 의미가 있을까. 그러나 생각해 보면 역사를 이끈 영웅들은 혁신으로 불가능한 현실에서 희망을 찾았다.

역사와 철학에 대한 관심이 사라지고 있는 우리 사회에서 역사 속의 인간이란 무엇인가를 숙고하게 만든다.

저자는 이 책에서 어떠한 예언도 주장도 제기하지 않는다. 이 책의 종착점인 "우리는 어디로 가는가?"라는 질문에 "희망이 있는 곳으로"라는 힌트를 준다.

"복 되도다, 그 시대는. 창공의 별이 우리가 갈 수

있고 가야 할 길을 훤히 비춰주는 시대는"이라고 시작되는 루카치의 《소설의 이론》 첫 문장을 읽고 가슴 설레던 기억이 난다.

지금도 내 삶에 오롯이 점철되어 있는 젊은 날의 문장은 희망으로 가득 차 있었다. 현실은 냉혹하고 청춘은 뜨겁다. 때문에 희망을 가득 품어야 청춘을 간직할 수 있지 않을까. 나에게 질문을 던져 온 스물한 살 청년에게 미약하나마 도움이 되었으면.

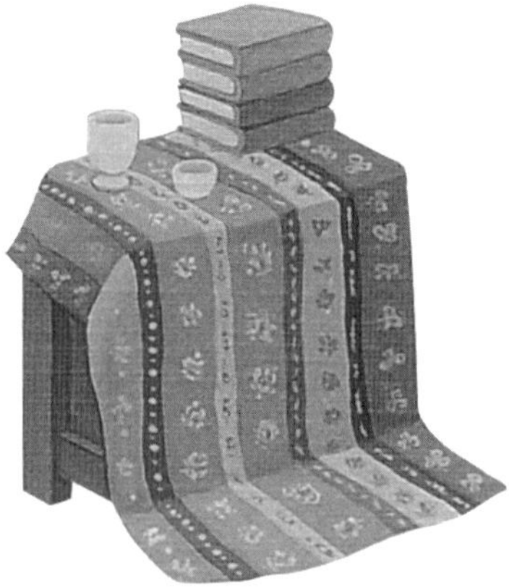

희망의 힘을 믿고 또 믿고

당신의 희망은 어두운 운명도 돌파 할 수 있는 강력한 힘을 갖고있다.

몇년 전 버스폭발 사고로 양 발목이 절단된 H씨의 100일간의 투병 소식을 들으면서 나도 모르게 하나님께 머리를 조아렸다. 건강한 두 발로 걸을 수 있다는 것에 감사한다고 기도했고, 그녀가 절망을 딛고 일어나 걸을 수 있는 기쁜 날이 오기를 간절히 소망했다.

출근하기 위해 버스에 탄 지 1분 만에 날벼락 같은 사고를 당한 그녀에게 어떤 말로 위로할 수 있을까. 한창 멋도 부리고 이루고 싶은 꿈도 많은 이십대 청춘이 불의의 사고로 걷지 못한다는 것은 정말 생각하고 싶지 않은 지옥 그 자체였으리라.

뉴스를 들어보니 뼈와 살을 이식하는 두 차례의 큰 수술을 했는데, 결과는 좋지 않았다. 그럼에도 불구하고 가족들의 기도와 응원 속에서 희망을 놓지 않고 지난달 말 세 번째 수술을 했는데, 근육과 혈관이 성공적으로 연결돼 발가락이 움직이는 기적 같은 결과가 나타났다.

앞으로 재활치료를 잘 하면 걸을 수 있다니 하늘이 도운 기적 같은 일이다.

갓난아기 때 소아마비를 앓은 후 줄곧 목발에 의지했던 고 장영희 교수는 장애인이라는 열등의식을 찾아보기 힘들 정도로 밝고 경쾌하며 친근한 모습을 보여주었다.

요즘 나의 침변서(枕邊書) 중 하나가 《살아온 기적 살아갈 기적》인데, 거친 삶에 부대껴 끙끙 앓거나 절망에 부딪혀 낙담할 때 큰 힘이 되는 책이다.

"생각해보니 나는 지금 더도 말고 덜도 말고 기적을 원한다. 암에 걸리면 죽을 확률이 더 크고, 확률에 위배되는 것은 기적이기 때문이다. 나의 독자들과 삶의 기적을 나누고 싶다. 우리가 살아가는 하루하루가 기적이고, 나는 지금 내 생활에서 그것이 진정 기적이라는 것을 잘 안다."

(《살아온 기적 살아갈 기적》 중에서)

이 책은 장영희 교수가 2001년 미국 보스턴에서 안식년을 지내면서 경험한 것들, 척추 암 투병 중에 쉬었다가 일상생활로 복귀하면서 연재를 재개했을 때, 다시 연구 년을 맞았으나 암이 간으로 전이되어 미국행을 포기하고 한국에 머물게 되었을 때 등 생의 마지막 9년간의 여적이 고스란히 녹아 있다.

장영희 교수는 책 속에서 "희망은 분명 운명을 뒤바꿀 수 있을 만큼 위대하다"고 간증하며 절망에 빠진 우리들에게 끝까지 희망을 잃지 말라고 응원해 준다. 희망의 힘을 믿고 살아갈 기적을 믿기를.

Season 3

가을꽃 이야기

단풍잎 같은 인생

보여주고 싶지
않는 퇴색한
빛깔과 거친 흔적
마저도 우리가
껴안아야 할
삶이고 우리네
인생인 것을…

여행길에 소설 《生의 이면》을 가방 속에 넣어 갔다. 책 속에는 화석처럼 굳어버린 단풍잎이 박제되어 있었다. 소설에서 이승우 작가는 앙드레 지드의 말을 인용한다.

"그대를 닮은 것 옆에 머물지 마라. 결코 머물지 마라. 너의 집안, 너의 방, 너의 과거보다 위험한 것은 없다."

나도 나의 집안, 나의 방, 나의 과거로부터 떠나고 싶었던 것일까. 발길이 어느덧 동학사 입구에 다다르고 있었다. 우리는 삶의 이력서를 작성하면서 끊긴

길 앞에서 주저앉기도 하고 깊은 수렁에 빠지기도 하며 허망함이 우리 영혼을 운무처럼 둘러싸기도 한다.

《生의 이면》은 소설가인 '나'가 다른 한 소설가(박부길)를 추적하여 그 삶을 재구성하는 평전형식의 소설이다.

박부길은 15년 동안 열권의 장편소설과 일곱 권의 중단편집, 그리고 세 권의 에세이집을 낸 중견작가이다. 어린 시절에 받은 상처로 폐쇄공포증을 가진 소설가가 운명적인 사랑과 신에게 의지함으로써 상처를 치유하고 승화시키는 과정을 그려낸 소설이다.

"사람의 몸속에는 얼마나 많은 눈물이 들어 있는 것인지, 쏟고 또 쏟았지만 눈물은 그치지 않았다. 그 눈물은 물론 아픔 때문이 아니었다. 빗속에 쫓겨나 앉아 있는 자신의 모습이 처량해서도 아니었다. 아니, 그것은 슬픔이 아니었다. 뼛속을 시리게 하는 외로움이었고, 사무치는 혈육에의 그리움이었다. 또 그것은 무정형의 세상, 온통 비밀투성이고 규명되지 않은 수수께끼들과 모순들을 끌어안은 채 살아야 하는 용납할 수 없는 사람에 대한 울분이기도 했다." (《生의 이면》 중에서)

박부길의 삶을 엿보면서 허망한 외로움이 밀려왔다 쓸려간다. 그의 여행이 무위로 끝난 뒤 슬픔에 빠진 것처럼 사람은 모든 불화의 주체이고 조건이 된다. 따라서 사람의 적은 사람이지만 사람 때문에 마냥 즐겁기도 하다.

불을 끄고 어두운 방안에 누워있으면 주위가 환해지는 경험을 한다. 밝음 속에 있는 현실보다 더 잘 보이지 않는가. 캄캄한 적막이 세상의 전부가 된 것에 대한 황망함을 느끼다가도 그 속에서 보이는 진실함은 더 값진 것이리라.

청명한 가을볕이 반사되어 떨어진 낙엽 위로, 낙엽 사이마다 노랗게 내려앉는다. 각자 삶의 궤적에서 벗어나 동학사로 걸어오는 사람들의 발길이 촘촘해진다. 내 삶의 시계는 어떤 시기를 중심으로, 무엇을 중심으로 도는가.

외로움을 눈으로 겪게 하는 소설《生의 이면》이 나를 불편하게 만들면서도 거스를 수 없는 존재감으로 다가오는 이유는 인간이라면 누구나 단풍잎 같은 존재이기 때문이다. 눈부시도록 아름답지만 단풍잎을 뒤집으면 보여주고 싶지 않는 퇴색한 빛깔과 거친 흔적이

새겨 있듯이 그것마저도 우리가 껴안아야 할 삶이고 우리네 인생인 것을.

고 피천득 선생은 "예전을 추억하지 못하는 사람은 그의 생애가 찬란하였다 하더라도 감추어 둔 보물의 세목(細目)과 장소를 잊어버린 사람과 같다"고 하셨다.

언제 되돌아보아도 아름다웠노라고 추억할 수 있는 보물을 쌓아두는 것이 오늘을 사는 지혜이리라.

행복이란 무엇일까

낙엽비가 내리는 가을날, 문득 나는 과연 행복한 삶을 살고 있는 것일까 생각해 본다.

가을 해는 짧아서 더 그리운가. 계절이 붉게 익어간다. 하루 일과를 마치고 집으로 돌아가는 길, 서쪽 하늘엔 시골 외할머니의 집 마당에서 보았던 잘 익은 감처럼 석양이 회색빛 빌딩에 대롱대롱 걸려 있다.

계절은 어김없이 시간에 순응한다. 우리는 계절이 어떻게 변하고 있는지 천천히 음미하지 못한 채 바쁜 하루를 보낸다.

힐링, 행복이라는 키워드가 트렌드이다. 정부도 '행복'이라는 정책기조를 내세웠고 정부뿐만 아니라 지방자치단체, 기업 등에서 실행하는 정책이나 행사들을 보면 행복이라는 단어를 내세우거나 행복을 강조한다. 그만큼 우리 사회가 행복하지 않다는 것을 방증하는 것이 아닐까.

탁석산의 《행복 스트레스》라는 책에 보면, 행복이라는 말은 서양에서 200년, 동양에서도 150년 정도밖에 되지 않았다. 그 이전에 사용한 행복은 신의 은총, 운 등과 같은 의미로 인간의 힘으로는 어떻게 할 수 없는 불가항력적인 힘을 뜻했다.

조지 베일런트 교수는 《행복의 비밀》이라는 책에서, 행복의 비밀 중 하나는 인간은 평생 변하고 성장하는 존재이기 때문에 우리가 행복할 수 있는가는 우리가 어떻게 변하고 성장할 것인가에 달려 있다고 한다. 저자는 현재 하버드 의과대학 교수이자 보스턴 브리검 여성병원 정신의학분과 연구소장이다.

42년 동안 하버드대학교 성인발달연구소의 총책임자를 맡으면서 심리적 방어기제에 관한 경험적 연구에 천착했고, 인간의 행복에 대한 통찰로 이어졌다.

하버드대학교 성인발달연구를 위해 선정된 268명의 인생 이야기가 농축돼 있다.

조지 베일런트 교수는 방어기제란 갈등과 스트레스

를 최소화하려는 심리인 기제라고 설명한다. 방어기제는 정신병적 방어기제에서부터 성숙한 방어기제까지 다양한 계층으로 구분돼 있는데, 성숙한 방어기제는 이타주의・유머・승화・억제 등이 있다. 방어기제가 성숙할수록 행복한 인생을 살 수 있다고 한다.

책에서 말하는 행복의 비밀 몇 가지를 설명하자면, 어린 시절에 겪은 불행은 이후의 삶에서 극복할 수 있지만 어린 시절의 좋은 기억은 평생을 살아가는 데 힘이 된다고 한다.

사랑받지 못한 어린 시절은 성인이 된 후에도 행복은 물론 건강에도 영향을 미친다고 하니, 앞으로 우리 미래를 이끌어 갈 어린이들에게 소외받지 않고 사랑받는다는 감정을 줘야 하지 않을까.

행복한 결혼생활은 70대 이후의 삶에 더 큰 만족감을 주며, 80세 이후의 신체적 노화는 유전적인 영향보다 50세 이전에 형성된 습관들이 영향을 더 크게 미친다고 한다. 특히 사춘기가 지난 뒤에도 사람은 계속 성장한다는 것이다.

한편 탁석산 선생은 《행복 스트레스》라는 책에서 우리 사회가 행복 스트레스에 빠져 있다는 것을 비판적인 관점에서 보았다. 저자는 행복 스트레스의 대표적인 사례로 '범람하는 멘토'의 존재라고 한다.

우리가 정말 행복해지려고 하는 이유는 무엇일까. 그리고 행복해지기 위한 가장 근원적인 샘은 어디에서 오는 것일까.

낙엽비가 내리는 가을날, 문득 나는 과연 행복한 삶을 살고 있는 것일까 생각해 본다.

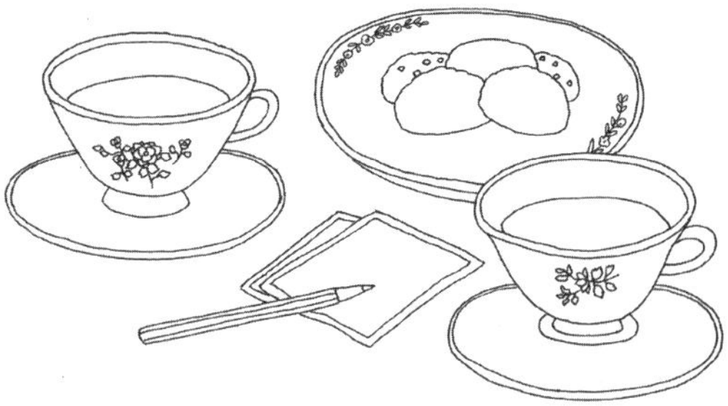

당신의 인생을 사랑한다면

절제를 하고 나면 침묵은 쉬워지고 말을 많이 하기보다 다른 사람들의 이야기를 경청함으로써 지식을 얻을 수 있다.

새해가 되면 우리는 어김없이 계획을 세우고 시간에 대한 영원성을 꿈꾼다. 나는 인생에서 성공했다는 사람들을 인터뷰 할 일이 많았는데, 그들의 공통된 답변 중 하나는 시간 관리를 잘 해야 한다는 조언이었다. 먼 미래가 아니라 지금 내가 살고 있는 시간을 소중히 여기고 잘 가꾸어 나가는 것이라고 한다.

시간의 중요성을 강조한 사람 중에서 벤저민 프랭클린을 빼놓을 수 없다. 18세기 미국에서 정치, 외교, 출판, 인쇄, 과학, 교육 분야에서 최고의 자리에 올랐던 벤저민 프랭클린은 이런 말을 했다.

"당신은 인생을 사랑하십니까? 그렇다면 시간을 낭비하지 마십시오. 인생이라는 것은 바로 시간으로 이루어져 있습니다."

벤저민 프랭클린(1706-1790)은 조사이어 프랭클린의 17자녀 중 15번째 막내아들로 보스턴에서 태어났다. 중세 후반에 영국에서는 귀족은 아니지만 부와 재산을 소유한 새로운 계급이 생겼다.

프랭클린이란 성은 자유민을 뜻하는 중세 영어단어인 'frankeleyn'에서 비롯되었는데 프랭클린 가문의 시초이다.

벤저민의 아버지 조사이어 프랭클린은 25살 때 영국에서 미국이라는 신대륙으로 와서 비누와 양초를 만드는 사업을 했다.

자기 사업에 근실했던 아버지 밑에서 자란 그는 2년간의 정규교육을 받고 12살에 형이 운영하는 인쇄소에 인쇄견습공으로 일을 시작했다. 어려서부터 독서를 즐겼던 벤저민 프랭클린은 존 버니언의 《천로역정》을 아주 재미있게 읽었다고 회고한다. 이 책은 천국으로 가는 길에 겪는 고난과 모험을 담은 책으로 1678년 출간되어 인기를 끌었던 책이다.

벤저민 프랭클린은 《천로역정》을 수차례 읽고 다시 이 책을 팔아 R. 버튼의 《역사전집》을 사서 읽었다고 한다. 이외에도 플루타르코스의 《영웅전》이나 디포의 《기업론》, 매더 박사의 《선행론》을 읽었던 그는 훗날 자신의 사고방식을 크게 변화시켰다고 고백했다.

특히 인쇄견습공으로 일하면서 책방의 수습 점원들과 친해진 그는 저녁마다 로크의 《인간의 이해》, 폴 로얄 파의 《생각의 기술》, 크세노폰의 《소크라테스의 회고록》 등 인문 철학서적을 빌려 밤새 읽고 다음 날 아침에 책방에 돌려주었다.

벤저민 프랭클린이 쓴 자서전을 읽고 있으면 매우 호기심이 많고 부지런한 청소년으로 그림이 그려진다. 어렸을 때부터 책을 읽으면서 생긴 낯선 땅에 대한 호기심은 자연스럽게 바다를 향한 동경으로 바뀌었다. 열일곱 살이 된 그는 인쇄소를 운영하던 형과 갈등을 겪게 되었고 책을 판 돈으로 배를 타고 3일 만에 뉴욕이라는 낯선 땅으로 갔다. 인쇄소 일이라면 자신이 있었던 그는 뉴욕에 있는 인쇄소를 찾아갔지만 거절을 당하고 다시 배를 타고 필라델피아로 향했다.

그가 쓴 자서전에서 가장 드라마틱한 장면이 고향 보스턴을 떠나 뉴욕으로, 다시 필라델피아로 가는 여정이다. 행색은 초라하고 주머니 속에는 네덜란드 돈으로 1달러와 1실링뿐이었다.

뉴욕으로 가는 배에서 그에게 바다는 더 이상 동경의 대상이 아니었다. 바다는 현실 그 자체였다. 필라델피아로 향하던 중 폭풍을 만나게 되었는데 배에 있던 한 남자가 바다에 빠지는 사고가 일어났다. 프랭클린이 그 남자를 간신해 배로 끌어 올렸고 남자는 주머니에서 책을 꺼내 말려달라고 청했다. 그 책은 벤저민 프랭클린이 어렸을 때 재미있게 읽었던《천로역정》의 네덜란드 판이었다.

고향에서 떠나 그토록 동경했던 바다에서 만난《천로역정》은 훗날 필라델피아에서 인쇄업으로 크게 성공하게 만든 씨앗이 되었으리라. 그의 묘비에는 '필라델피아의 인쇄인, 벤저민 프랭클린'이라고 쓸 정도로 인쇄인으로서의 자부심은 대단했다. 인쇄업은 그에게 신이 내려준 소명이었다. 그는 자서전에서 이렇게 고백했다.

"어릴 적부터 나는 글 읽기를 좋아했다. 내 손에 들어온 돈은 모두 책을 사는데 들어갔다"

(《벤저민 프랭클린 인생의 발견》 중에서).

그는 책을 통해 성장한 사람이다. 가난한 인쇄소 수습공으로 시작해 인쇄소 사업가로 성공하고, 도서관을 설립하고, 펜실베니아 의회 서기를 거쳐 의원이 되었으며, 펜실베니아 대학교 설립을 제안하고, 미국독립선언문과 미국헌법 등 미국의 독립에 중요한 역할을 하였고, 노예제 폐지를 위한 인권운동까지, 84년간의 벤저민 프랭클린의 삶은 열일곱 살 때 처음 필라델피아로 가는 여정보다 더 드라마틱하다.

그는 스무 살 때 절제, 침묵, 질서, 결단, 검약, 근면, 진실함, 정의, 온건함, 청결함, 침착함, 순결, 겸손이라는 13가지의 가치관을 세웠다. 그는 부와 명성과 권력을 가지고 최고의 자리에 올랐지만 스무 살 때 자신과 약속한 13가지의 가치관을 지키면서 살았다.

절제를 첫 번째 가치관으로 삼은 이유는 "머리의 냉철함과 선명함을 얻어 항상 조심해야 하는 일에 실수하지 않고 묵은 습관들에 끌려 다니거나 끊임없는 유

혹에 빠지지 않을 수 있기 때문"이라고 한다. 절제를 하고 나면 침묵은 쉬워진다고 한다. 말을 많이 하기보다 다른 사람들의 이야기를 경청함으로써 지식을 얻고자 했다.

벤저민 프랭클린은 자기관리 수첩을 만들어서 13가지 가치관을 매일 점검하고 실천하였고 아침부터 잠들 때까지 시간계획을 세워 하루를 보내고 잠들기 전에 하루일과를 정리했다. 그는 행복한 삶을 살기 위해 가장 중요한 것은 진실함, 성실함, 완전함이라고 말한다. 이러한 신념은 가난한 청년시절을 견디게 했다. 18세기를 살았던 벤저민 프랭클린의 삶이 21세기에 사는 우리에게 감동을 주는 이유는 진정한 노블레스 오블리주의 삶을 실천한 지성인이기 때문이다.

사람은 한 권의 책이라는 말이 있다. 한 사람의 인생을 한 권으로 담는 일은 쉽지 않을 터. 벤저민 프랭클린의 인생과 철학을 21세기를 사는 내가 책으로 만나는 일은 매우 소중하고 기쁜 경험이다.

책에 대한 첫 기억

책으로 인생을
변화시키는 방법은
화려한 캠페인과
행사가 아니라
내 목소리로
누군가에게 책을
읽어주는 것이다.

책 읽는 계절 가을이다.

텔레비전에서 방영된 〈인간의 조건〉이라는 프로그램에서 책 읽는 인간, 호모 부커스를 보여주었다. 시청률 저하와 수익성이 없다는 이유로 독서관련 프로그램이 사라지고 있는 지상파에서 독서의 중요성을 일깨워주는 프로그램을 마련했다는 것은 고무적이다. 일시적인 방송이 아닌 지속성을 갖고 책에 대한 프로그램이 만들어져야 할 것이다.

소설 《보바리 부인》을 쓴 귀스타브 플로베르는 "우리 몸은 음식이 필요하듯 우리 정신은 읽기를 필요로 한다. 우리는 읽는 것으로 된다"라고 했다. 요즘처럼 미디어가 다양화되고 읽을 것과 볼 것들이 넘치는 세상에서 책을 읽는다는 행위는 매우 특별한 것이 됐다. 이곳저곳에서 벌어지는 독서캠페인과 독서행사들은 거꾸로 생각하면 우리 사회가 책을 읽지 않는 사회임을 말해주는 것이 아닐까.

나에게는 책에 대한 소중한 첫 기억이 있다. 중학교 2학년 때였는데, 생물선생님께서는 수업시간마다 10분 정도 시간을 내어 책을 읽어주셨다.

유일하게 생물선생님께서만 우리들에게 책을 읽어주셨는데 아직도 내 마음에 남아 있는 책들은 쉘 실버스타인의 《아낌없이 주는 나무》《어디로 갔을까 나의 한쪽은》《떨어진 한쪽 큰 동그라미를 만나》 등이다.

철없던 우리들은 선생님께서 책을 읽어주시는데도 집중하지 않고 딴청을 부리기 일쑤였지만 선생님께서는 우리에게 잔소리나 화를 내시거나 혼내지 않으셨다. 동화구연을 하시는 것처럼 더 큰 목소리로 강약을 주어가며 책을 읽어주시는 동안 우리들은 선생님께서 읽어주시는 목소리에, 책 속으로 점점 빠져들었고 다음 생물시간이 기다려졌다.

그렇게 봄 학기를 보내고 나는 그해 가을에 다른 학교로 전학을 가게 됐고, 선생님께서 책을 읽어 주시는 목소리와도 헤어지게 됐다.

돌이켜 보면 내가 지금 책과 관련된 일을 하고 있는 것도 어쩌면 내 몸속 어딘가에 그때 기억이 체화돼 있기 때문일지도 모른다는 생각이 든다. 책에 대한 기억은 매우 강렬해 아직도 선생님의 목소리가 쉬이 사라지지 않고 내 심장에서 울려 퍼진다.

〈출판저널〉 기자가 된 이후에 나는 책을 읽어주셨던 생물선생님을 찾기 위해 수소문해 봤지만 아직까지 뵙지 못하고 있다. 그때 이십대 중후반이셨으니까 이젠 중년이 되셨을 게다. 만약 아들이 있다면 군대에 갈 나이가 되지 않았을까. 언젠가는 꼭 한 번 뵙고 싶다.

독서캠페인도 좋고 독서행사도 유익하지만 책으로 인생을 변화시키는 방법은 화려한 캠페인과 행사가 아니라 내 목소리로 누군가에게 책을 읽어주는 것이다. 언제부턴가 우리는 독서를 묵독으로 하고 있으며, 독서는 점차 개인화됐다.

나와 가장 가까운 가족에게, 친구에게, 학생들에게

나를 변화시키고 누군가를 변화시킨다면, 누군가에게 책을 읽어줌으로써 책에 대한 첫 기억으로 추억된다면 무척 행복한 일 아니겠는가.

벌써 낙엽이 진다. 올 가을에는 낙엽으로 책갈피를 만들어야겠다. 낙엽 책갈피에 글귀를 적고 책속에 넣어 선물하고 싶다.

인생의 무늬

사람은 타인의 욕망을 먹고 산다. 타인의 욕망이 마치 내가 욕망하는 것인 양 착각하면서 살고 있는 것이다.

"새파란 가로수가
노랗게 물들고 다 떨어지면
쓸쓸하겠지요?"

택시를 탔는데 문득 앞자리의 기사 아저씨가 내뱉는 독백이 마음의 빈자리를 휘감는다. 창밖에서 바람에 나부끼는 가로수 이파리들은 숙명적으로 이 계절을 받아들이는 듯 노랗게, 붉게 물들어간다.

소설가 김도언은 그가 펴낸 문학일기 《불안의 황홀》에서 삶은 네 가지 단계를 거쳐 완성되거나 종료된다고 말했다. 그 네 가지 단계는 '욕망, 투쟁, 성찰, 화해'인데, 작가는 이를 두고 '진화의 변증법'이라고 불렀다.

여기서 네 가지 단계를 균등하게 사는 사람도 있을 테고, 욕망과 투쟁은 길고 성찰과 화해가 짧은 사람도 있을 테고, 욕망과 투쟁과 성찰은 있으나 화해 없이 사는 사람도 있을 것이다.

계절마다 피고 지는 꽃이 다르듯 사람마다 살아가는 인생의 무늬도 다르리라. 생각해 보면 우리는 거대한 담론보다는 사소한 것에 더 욕망하고 투쟁하며 살아간다.

언젠가 '행복 전도사' 최윤희 선생의 안타까운 자살 소식을 들은 뒤 며칠간 멍해진 가슴을 쥐고 어찌할 바를 몰랐다. 만나면 까르르 밝게 웃으시던 모습이 눈앞에서 어른거렸고, 내가 원고 청탁을 드려 〈출판저널〉에도 칼럼을 쓰셨던 터라 충격이 꽤 컸다. 그때 최윤희 선생이 쓴 글의 내용도 우리에게 행복지수를 높이는 방법을 알려주는 메시지였다.

"요즘 모두 다 힘들다고 한다. 그러나 힘든 것을 사람마다 다르게 표현한다. 똑같은 소금을 뿌려도 팔팔 살아나는 미역이 있는가 하면 노릇노릇 시들시들 죽어 버리는 배추도 있다. 똑같은 바람이 불어도 침몰해 버리는 배가 있고 오히려 쾌속 항진하는 배도 있다. 삶의 벼랑에서 오히려 성공한 사람들도 얼마나 많은가!"

선생도 분명 힘들고 지치고 삶의 벼랑에서 휘청거렸을 것이다. 사람들이 그를 '행복 전도사'로 부르면서 위로를 받고 힘을 얻었던 것처럼 그도 또 다른 행복 전도사로부터 위로와 안식을 얻고 싶지 않았을까. 가슴 깊이 선생이 다른 세상에서는 기꺼운 행복을 가득 누리시길 빈다.

사람은 타인의 욕망을 먹고 산다. 타인의 욕망이 마치 내가 욕망하는 것인 양 착각하면서 살고 있는데, 그 욕망이 내가 아닌 타인의 욕망이라는 것을 알았을 때 주체할 수 없는 괴로움에 극단적인 결과를 가져오기도 한다. 이때 성찰과 화해가 필요하다는 생각이 든다.

윤대녕 소설가의 산문집《이 모든 극적인 순간들》에서 그는 "문학으로 뜨거운 국과 밥을 먹고 있다는 사실에 어느 날 눈물을 쏟고야 말았다"고 고백하면서 "삶은 끔찍하고도 거룩한 것. 그러나 그 앞에서 굽히지 말고 온몸으로 다시 버틸 것"이라고 담담하게 적었다.

"새파란 가로수가
노랗게 물들고 다 떨어지면
쓸쓸하겠지요?"

독백처럼 들리던 질문에 나는 끔찍하고 거룩한 삶 앞에서 무던히 잘 버텨내고 있다고 스스로에게 답했다.

모든 길은 책 바깥에

흔히 "책 속에 길이 있다"고 하지만 "모든 길은 책 바깥에 있다"고 말하는 레비의 음성이 내 귓가를 울린다.

빈집을 채우는 것은 다름 아닌 책들이다. 내가 일하는 사무실에는 대부분 책들이 빈 공간을 메우고 있다. 이곳에서만큼은 책이 주인이며 가장 아름다운 자태를 뽐내는 여인들 같다.

책들의 향연은 그렇게 그칠 줄 모르고 피어오른다. 책은 사물에 불과하지만 그 안에 담겨 있는 것들은 단순하지 않다. 생존해 있는 저자가 쓴 책도, 100년 전에 살았던 저자가 쓴 책도, 모든 책에는 생명이 깃들어 있다. 들숨과 날숨이 오가는 공간. 책과 함께 살아오면서 호흡하는 것은 사람뿐만이 아니라는 것을 느낀다.

잡지사에 몇 달 간격으로 편지가 한 통씩 배달된다. 가지런하게 정자체로 쓴 글씨들이 종이 한 장 빼곡하다. 요즘처럼 휴대전화 문자메시지나 전자우편으로 서신을 교환하는 시대에 종이 편지는 참으로 생경하게 느껴졌다. 사업에 실패한 후 교도소에 수감돼 있다는 독자인데, 책을 많이 읽고 싶지만 책값이 비싸 사지 못하고 잡지에 담긴 서평들을 읽으면서 독서의 즐거움을 누린다는 것이다. 서평을 읽으면서 앞으로 살아갈 길을 모색하고 자신의 죄를 참회한다는 것이 편지의 주된 내용이다.

편지를 읽으면서 책이 가진 생명력을 다시 생각해본다. 그래서일까. 내 책상에 일렬로 서 있는 책들 중에서 프리모 레비가 쓴 자전적 장편소설인 《지금이 아니면 언제?》가 눈에 들어왔다.

레비는 1943년에 이탈리아 반파시즘 레지스탕스 빨치산 부대에서 투쟁하다가 체포돼 아우슈비츠에 강제 수용된 작가이자 화학자이다. 1982년에 출간된 이 책은 최근 우리나라에 번역돼 출간됐다. 저자는 아우슈비츠에서 나와 고국으로 돌아오기까지 8개월 동안 난민으로 떠돌았던 슬픈 기억들을 소설화했다.

소설의 제목은 로마제국시대에 집대성된 랍비들의 잠언인 “내가 나를 위해서 살지 않는다면 과연 누가 나를 위해 대신 살아줄 것인가? 내가 또한 나 자신만을 위해서 산다면 과연 나의 존재 의미는 무엇이란 말인가? 이 길이 아니면 어쩌란 말인가? 지금이 아니면 언제란 말인가?”에서 따온 것이다. 레비는 책에서 아우슈비츠에서 살아남은 것은 “고전과 교양 때문”이라고 고백했다.

편지를 보내오는 독자는 분명 책이 가진 생명력을 믿는 것이리라. 책과 소통함으로써 새로운 삶을 살아가겠노라고 다짐하는 그가 책을 덮은 후에도 흔들리지 않기를 바란다. 흔히 “책 속에 길이 있다”고 하지만 “모든 길은 책 바깥에 있다”고 말하는 레비의 음성이 내 귓가를 울린다.

독서의 계절 가을이다. 나의 빈집을 책들이 메우기 시작한다.

늦어도 11월에는

나는 늦어도
11월에는 꼭
이루고 싶었던
소망이 무엇이었나
생각해 본다.

11월이 되면 《늦어도 11월에는》이라는 장편소설이 떠오른다. 2002년 뜨거웠던 월드컵 응원 열기가 가라앉고 지금처럼 아침저녁으로 쌀쌀한 바람이 옷깃을 여미게 하던 11월 가을에 이 책을 만났다.

책을 선택하는 이유는 여러 가지가 있겠지만 나는 이 때 순전히 책 제목 때문에 골랐다. '늦,어,도,11월,에,는'이라는 언어가 뿜어내는 알 수 없는 감정이 나를 단숨에 사로잡았고, 매년 11월이 되면 서가에 꽂힌 이 소설을 다시 꺼내 읽는다. 소설을 쓴 한스 에리히 노삭은 사르트르로부터 "전후 독일문학의 대표적 작가이며 세계적인 소설가"라는 극찬을 받았다. 1955년에 발표한 이 작품은 독일 최고의 문학상인 게오르크 뷔흐너 상을 받았다.

"당신과 함께라면 이대로 죽을 수도 있을 것 같습니다"라고 말하는 안락한 재벌가의 며느리 마리안네의 대사가 보여주듯 읽어보면 남녀의 사랑을 그린 지극히 통속적인 연애소설이다. 그것도 아주 뜨거운…

"믿음, 소망, 사랑 그 중에 제일은 사랑이라"는 성경 말씀처럼 이 세상에 사랑을 빼놓고 무엇을 이야기할 수 있을까. 아가페, 플라토닉, 에로스. 세 가지 사랑의 명제들이 서로의 경계를 넘나들며 우리 삶을 직조한다.

제2차 세계대전 후 독일의 한 공업도시가 이 소설의 배경이다. 상공인협회의 이름으로 주어지는 문학상 시상식이 갤러리에서 열리는데 이 상의 수상자는 서른네 살의 작가 베르톨트 뮌켄이다. 그리고 스물여덟 살의 아름다운 유부녀 마리안네. 사회사업의 일환으로 문학상을 주관하는 헬데겐사의 사장 막스의 아내로, 사업에 바빠 시상식에 참석하지 못한 남편을 대신해 억지로 나와 앉아 있다. 뮌켄과 마리안네, 두 사람의 운명적인 사랑은 이렇게 시작된다.

11월이면 묀켄이 쓴 작품이 무대에 올려지고, 돈을 받으면 낡은 폴크스 바겐을 사서 떠나자고 약속했던 두 사람의 운명은 결국 비극적으로 끝을 맺는다. 이와 비슷한 소설이 우리나라에서는 대표적으로 정비석 작가의《자유부인》정도 될까.

1955년에 발표된 독일의 전후문학이 21세기인 지금 읽어도 전혀 낯설지 않은 이유는 제2차 세계대전 이후 급격히 진행된 자본주의 속에서 인간의 존엄성 위기와 여성의 자아실현이라는 문제의식이 담겨 있기 때문이다.

단순한 통속소설이라고 하기에는 사회적 문제의식으로 점철돼 있는 연애소설이라 책장을 덮은 뒤에도 먹먹한 마음에 이야기의 여운이 쉬이 사라지지 않는다.

"오늘날 서로 사랑하는 사람들에 관해 글을 쓴다는 것이 과연 가능한가, 하는 점은 의심스럽지 않을 수가 없다. 이 시대에도 마찬가지이지만 편협한 생존에만 관심이 있던 과거에 꿈을 실현한다는 것은 어려운 얘기였다." (《늦어도 11월에는》 중에서)

1950년대 그 시대나, 21세기 지금 내가 사는 시대도 편협한 생존을 위해 아웅다웅하다가 끝나는 것일까. 늦어도 11월에는 꼭 이루고 싶었던 주인공들의 염원이 죽음으로 결말을 맺게 돼 가슴이 시리지만, 이 소설을 읽으면서 나는 늦어도 11월에는 꼭 이루고 싶었던 소망이 무엇이었나 생각해 본다.

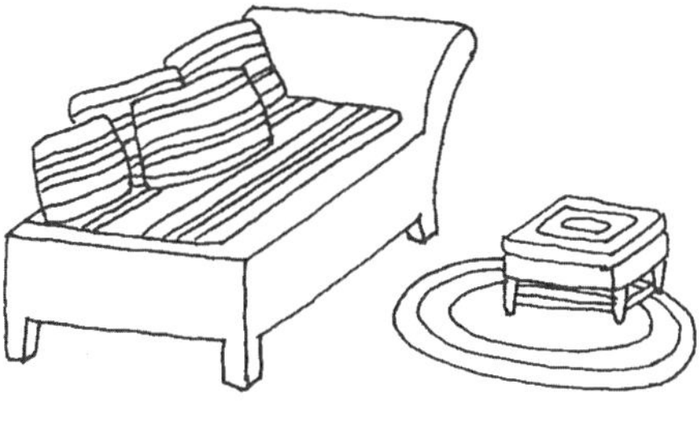

밥에 대한 생각

낯선 사람들과 친숙해지는 가장 좋은 방법으로 함께 밥을 먹고 가장 사랑하는 사람과 만나도 함께 밥을 먹는 일은 빠지지 않는다.

독서의 계절에는 소설, 시 그리고 에세이 등 문학 분야의 신간들이 넘쳐난다. 소설가 장정일의《빌린 책 산 책 버린 책》, 인기 블로거 로쟈가 쓴《책을 읽을 자유》, 소설가이자 환경운동가인 최성각의《나는 오늘도 책을 읽었다》 등 독서 에세이들은 독서의 계절에 적절하게 출간된 책들이다. 사람은 때가 되면 해야 할 일들이 있듯 책도 마찬가지인 듯싶다.

새로 들어오는 책들의 제목, 책표지 등 면면을 살펴보는 것은 무척 가슴 설레는 일이지만 낯선 곳에서 내 마음을 사로잡는 책과 운명처럼 만나는 일도 더없이 기쁜 일이다.

친구들과 찾아간 북 카페 서가에 꽂혀 있는 시집 한 권을 꺼내 들척이다가 이수익 시인이 쓴 〈밥 보다 더 큰 슬픔〉이라는 시와 마주쳤다.

"크나크게 슬픈 일을 당하고서도
굶지 못하고 때가 되면 밥을 먹어야 하는 일이,
슬픔일랑 잠시 밀쳐두고 밥을 삼켜야 하는
저 생(生)의 본능이,
상주(喪主)에게도, 중환자에게도,
또는 그 가족에게도
밥덩이보다도 더 큰 슬픔이
우리에게 어디 있느냐고."

나는 주문했던 커피가 식는 줄도 모르고 몇 번이고 시를 곱씹었다. 예전에 황지우 시인이 쓴 〈거룩한 식사〉라는 시를 접했을 때 목에 맺힌 응어리를 토해 내지 못하고 끙끙댔던 기억이 났는지 가슴이 시렸다.

"나이 든 남자가
 혼자 밥 먹을 때 울컥, 하고

올라오는 것이 있다
(중략)
몸에 한세상 떠 넣어주는
먹는 일의 거룩함이여
이 세상 모든 찬밥에
붙은 더운 목숨이여
(중략)
파고다 공원
뒤편 순댓집에서
숟가락 가득 국밥을 떠 넣으시는
노인의, 쩍 벌린 입이
나는 어찌 이리 눈물겨운가."

이수익 시인과 황지우 시인의 밥에 대한 노래처럼 하루 세 끼 챙겨먹는 밥에 대한 숭고함은 생각하면 눈물겨운 일이다.

김훈 소설가가 쓴 《밥벌이의 지겨움》이라는 산문 제목처럼 밥이 지겨운 대상으로 전락해버리고, 밥으로 우리 욕망을 채우는 일은 마냥 즐겁지만은 않다는 것을 알았을 때 무심하게도 슬픔이 밀려왔었다.

그러나 우리는 낯선 사람들과 친숙해지는 가장 좋은 방법으로 함께 밥을 먹고 가장 사랑하는 사람과 만나도 함께 밥을 먹는 일은 빠지지 않는다.

책을 읽으라는 외침이 무심하게 들리는 가을이다. 책으로 밥벌이를 하는 나에게 때론 책보다 밥이 더 중요하게 여겨질 때가 많다. 이번 가을에는 오래도록 연락을 끊었던 친구를 만나 밥을 먹을 생각이다.

MILK

사랑과
집착에 대하여

사랑은 조용히 오는 것. 내가 느끼지 못할 만큼 아주 서서히. 낯선 사람에서 생각만 해도 가슴이 시린 사람으로 마주하고 있다.

사랑에 빠지게 되면 소유하고 싶은 욕망이 생기는 것은 어쩌면 당연한 일이다. 언젠가 오십 대 중반 정도 되신 여자 선생님은 마흔 살이 되면 내 모든 것을 바쳐서 뜨거운 사랑을 하는 게 불가능하다고 말씀하신 적이 있다.

그때 나는 마흔 살을 바라보고 있었다. 이유를 물어보니까 사람이 나이가 들어가면서 사랑이라는 감정보다는 돈이나 명예, 권력에 집착하게 됨으로써 사랑이라는 순수한 감정에 쉽게 빠지는 일이 일어나지 않는다는 것이다. 오히려 돈, 명예 그리고 권력이 사랑이라는 단어로 치환될 수 있다는 것을 얘기한 적이 있다. 정말 그럴까.

우리는 모두 별이다. 거대한 우주의 수많은 행성 중 지구라는 곳으로, 지구에 수많은 생명체 중에서 사람이라는 별로 태어났다. 어떤 법칙으로도 설명할 수 없는 신비로운 힘에 의해 우리는 태어났고 각자 자신의 삶을 살고 다시 별로 돌아간다. 생각해 보면 아주 짧은 생이다. 백 년도 안 되는 시간 속에서 우리는 사람들과 갈등하고 싸우고 모진 모습을 보이면서 살아간다.

특히 사랑을 받고 싶은 욕망은 가장 크다. 정호승 시인의 "사랑하다가 죽어버려라"라는 시를 읽으면서 내 인생을, 이웃을, 가족을, 자연을, 내 모든 것을, 이 세상에 존재하는 만물들을 모두 사랑하면서 살고 싶다는 생각을 했다.

그러나 내가 살고 싶은 대로 인생의 길이 펼쳐지지는 않는다는 것을 어른이 되고서야 알게 됐다. 내가 말하는 어른이란 세상으로부터 상처를 받아본 사람만이 알게 되는 삶을 살아가는 방법을 알게 된 때이다.

언젠가 나의 첫사랑은 말했었다. 많이 사랑하고 사랑에 많이 실패하면 나도 모르게 성숙해진다고.

내가 가진 모든 것을 잃었을 때 사랑을 만났다. 그는 모든 것을 가진 남자였고 부러울 것이 없는 자신감이 넘치는 사람이었다. 우리는 스치듯 만났었고 서로를 알아보지 못한 채 낯선 사람처럼 마주보았었다. 지금 생각해 보면 지금까지 나에게 일어났던 모든 일들이 그 사람과 만나기 위해 계획되어 있던 우주가 만들어 낸 대본 같다는 생각이 든다.

사랑은 조용히 오는 것. 내가 느끼지 못할 만큼 아주 서서히, 생각만 해도 가슴이 시린 사랑으로 마주하고 있다.

> "언제인지 정확한 날짜는 알 수 없지만, A가 떠난 지 두 달쯤 지난 후부터 나는 '작년 9월 이후로 나는 한 남자를 기다리는 일 외에는 아무 것도 할 수 없었다' 라는 문장으로 시작되는 나의 이야기를 쓰기 시작했다" (《단순한 열정》 중에서).

그러나 사랑은 마냥 행복하다는 단순한 감정만으로 싸여 있지 않다. 그 사람을 사랑해서 행복하면서도 온전히 내 것이 되지 못한다는 혹은 영원히 함께 할 수 없다는 불안감이 동전의 양면처럼 존재한다.

아니 에르노가 쓴 소설《단순한 열정》(1991)은 이미 떠난 남자이자 그녀가 사랑했던 남자에 대한 이야기다. 아니 에르노처럼 "그 사람이 전화해 주기를, 그 사람이 돌아와 주기를" 우리는 얼마나 바랐는가. 사랑과 집착은 서로의 등을 맞대고 있는 것과 같다.

내게 마흔 살부터는 스무 살의 불꽃같은 사랑을 할 수 없다고 했던 오십 대의 선생님의 말을 다시 재해석해 보면, 나이가 들면 사랑에 집착하지 않게 된다는 의미에 더 가깝다. 사랑에 좀 더 여유가 생겼다고 해야 맞겠다. 여유가 있으니 사랑에 안달복달하지 않게 되고 집착하지 않게 된다. 사랑에 정답은 없다고 하지만 나는 사랑한다면 뜨겁게 사랑하라고 말하고 싶다. 집착으로 보이더라도 미치도록 사랑해야 나중에 후회가 없다. 사랑에 미쳐본 사람이 나중에 진정한 사랑이 다가오게 되면 느껴진다.

조금씩 차가운 바람이 부는 날, 당신은 나에게 물었다. 가장 하고 싶은 게 뭐냐고. 나는 또박또박 답했다. 뜨거운 사랑을 하고 싶다고. 그렇게 사랑은 시작됐다.

우리는 서로의 보드라운 살결을 만지며 운명의 맞닿음에 대하여 이야기했다. 그 신비로움에 대하여. 천지창조와 같은 일처럼 매우 경이로워 했다.

Season 4

겨울꽃 이야기

크리스마스 선물

세상이 아무리
팍팍하여도 우리
사는 세상은
물질보다 더
소중한 것이 있다.

크리스마스 이브에는 화이트 크리스마스를 기대하면서 가족, 연인, 친구들에게 어떤 선물을 줄까 고민하며 마음이 잔뜩 분주해지는 날이다.

한 취업 포털이 남녀 직장인을 대상으로 크리스마스 선물에 관해 조사를 실시했는데, 주고도 욕먹는 선물 1위가 꽃다발이란다. 그 다음이 책 또는 CD이고, 향수 및 화장품, 정성이 담긴 크리스마스 카드 순으로 조사됐다. 가장 받고 싶은 선물 1위로는 신발, 목도리, 장갑 등 의류, 2위는 현금이라고 한다.

지금보다 느리게 살던 시절 나는 가장 받고 싶은 크

리스마스 선물이 정성스럽게 만든 카드와 꽃다발이었는데 시대가 변하긴 변한 모양이다. 정성스런 수고가 물질적인 것으로 대체되면서 느리게 사는 즐거움이 사라지는 것 같아 아쉽다. 또한 꽃다발 다음이 책이라니! 책으로 밥을 먹고 사는 나로서는 마음이 쓰리다. 왜 사람들은 책을 최악의 선물이라고 생각할까. 이런 생각을 하고 있는 중에 편지 한 통이 도착했다.

편지지 세 장에 걸쳐 연필로 꾹꾹 눌러 쓴 사람은 올해 서른세 살이고 현재 경북 북부1교도소에서 죄의 대가를 치르고 있다고 소개했다. 고등학교 졸업을 못했지만 책과 뒤늦게 친구가 되어 여러 책을 읽고 있다고 한다. 위탁 공장에서 4년 일해서 30만원을 벌었는데, 3분의 1은 쓸 수 있다며, 우리 잡지를 10만원에 5년 정도 구독을 할 수 있도록 특혜를 베풀어 달라는 내용이었다. 앞으로도 7년 세월을 교도소에서 보내야 한다는 그 사람은 사회에서는 책의 유익함을 못 느꼈는데, 역시 책은 사람의 마음을 움직이는 힘이 있는 것 같다고 고백했다.

시인 박목월 선생은 수필집 《밤에 쓴 인생론》에서 "결정적인 책을 발견하는 것은 그야말로 가장 귀한 스승을 만나는 일이며, 그것으로 말미암아 우리의 삶은 크게 변할 수 있다"고 했다. 책 속에서 박목월 선생은 체호프의 '내기'라는 짤막한 소설 이야기를 꺼낸다.

> "장난삼아 내기를 걸게 된 것이 진담이 되어 어느 사람이 15년간 지하실에 갇혀 있게 되는 이야기인데, 죄수 아닌 수인은 처음 몇 해 동안은 술과 음악을 혼자서 즐기다가 몇 해가 지나자 책을 남독(濫讀)하게 된다. 그러기를 두서너 해 지내고서는 성경책 한 권만을 요구하게 되고 끝내 성경책만을 읽으며 그 길고도 고독한 세월을 한 칸 방에서 이겨냈다"

단 한 권의 책으로도 인격의 연마와 교양의 함양이 가능하다고 강조한다.

최악의 크리스마스 선물 중 하나인 책이 어떤 사람에게는 가장 소중한 선물이 될 수 있고, 세상이 아무리 팍팍하여도 우리 사는 세상은 물질보다 더 소중한 것이 있다.

디지털 세상에 만나는 책

전자책이든 종이책이든 좋은 책을 만나 내 삶이 윤택해진다면 디지털 세상도 충분히 매력을 가지고 있다.

월간지를 만들면서 드는 생각은 한 달이 하루 같다는 것이다. 송년호를 만들면서 올해도 열두 번을 잘 살아왔는지 되돌아본다. 하루가 멀다 하고 밀려드는 신간들을 품으며 책은 참으로 따뜻하다는 것을 느낀다.

발행된 신간의 책 제목을 분석해 보았는데, 가장 많이 쓰인 단어는 '나'와 '내'였다. 점차 개인화되고 파편화되고 있는 우리 사회상을 날카롭게 보여주었고, 또 하나 재밌는 발견은 개인화되고 있는 문제를 극복하기 위함인지 '우리'라는 책 제목도 높은 순위를 차지했다. 감정을 나타내는 단어로는 '사랑'이 가장 높은 순위를 차지했고,

'행복'이라는 단어도 바짝 뒤를 이었다.

언젠가 우리나라에 아이패드 예약판매 5만 대가 팔렸다는 보도를 보면서 차가운 사물이 사람들의 심장을 녹일 만한 매력이 무엇일까 생각해 보았다. 그 안에 들어 있는 다양한 콘텐츠들이 사람들을 즐겁게 만들기 때문일 것이며, 정보를 저장하고 바로 꺼내볼 수 있다는 편리성도 충분한 매력이 될 것이다.

언제부터인가 우리는 전자기기에 익숙해져 있다. 휴대폰이 내 몸에서 잠시라도 떨어져 있으면 금단현상이 일어나 불안해지고 초조해진다. 사람의 살보다 부드러운 것이 없다는데 우리는 사람과의 접촉보다는 기계와의 접촉에 더 친밀감을 느낀다.

출판계 이슈 중 하나도 전자책이다. 아이폰이나 아이패드로 콘텐츠를 다운받아 책을 본다고 한다. 책을 읽는 것이 아닌 '보는' 세상이 오고 있다는 것을 알면서도 사실 나는 아직 전자책이 익숙하지 않아 종이책을 고집한다. 손끝으로 전해져 오는 바스락거리는 소리가 더 좋다.

톨스토이는 "인생을 바꾸려면 좋은 스승을 만나라. 아니면 좋은 책을 만나라. 그러면 당신의 인생이 바뀔 것이다"라고 했다. 전자책이든 종이책이든 좋은 책을 만나 내 삶이 윤택해진다면 디지털 세상도 충분히 매력을 가지고 있다. 그러나 한 가지 아쉬운 점은 전자매체가 발달함에 따라서 우리 삶은 빠르고 쉬운 길을 제공해 주었지만, 깊은 사유와 사고를 할 수 있는 가치 있고 풍요로운 삶은 점차 줄어들고 있다는 것이다.

특히 청소년들에게 심각한 문제이다. 청소년기의 독서는 올바른 가치관을 형성하고 자신의 생각을 논리적으로 쓰고 말하는 데 도움을 주는데, 청소년들 사이에서 사용되고 있는 은어, 속어, 줄임말 등을 듣고 있으면 한국어의 상실이 진행되고 있지 않나 우려된다. 국어는 그 나라의 정신인데 우리 문화와 정신이 피폐해지는 증상이 나오고 있지 않은지 걱정된다.

올해 발행된 책이 보여주는 것처럼 디지털 세상인 오늘날에도 우리는 사랑받고 싶고 행복해지고 싶어 한다. 어느 가수가 부르는 노래처럼 사람이 꽃보다 아름다운 법인데, 사람과 주고받는 따뜻한 사랑만큼 우리를 행복하게 해주는 것은 없으리라.

감사할 일, 반성할 일

기척도 없이 밤새 눈이 내렸다. 눈은 언제나 조용히 차곡차곡 쌓인다. 우리 아파트 마당에는 동백나무가 많다. 붉게 물든 동백꽃은 언제 졌는지 초록색 잎사귀마다 켜켜이 쌓인 눈이 햇살을 받아 하얀 꽃망울들이 활짝 펴 흔들거린다.

세밑에 내린 눈 때문에 발걸음이 더디지만, 그 덕분에 잎사귀마다 내려앉은 눈송이를 가만가만 바라볼 수 있었다. 아, 뭐가 그리 바쁘다고 동백꽃이 피고 지는 줄 모르며 살았던가. 나는 변명거리라도 찾는 듯 동백나무를 물끄러미 쳐다보며 이런저런 생각을 억지로 끄집어내려고 애썼다. 마땅히 변명도 못하고 새침하게 찬바람만 일렁이며 동백나무를 뒤로 하고 걷는다.

나는 늘
스스로에게
속삭인다.
자주 반성하고,
그걸 실천에
옮겨라.

와인 페스티벌에서 상을 탄 소믈리에에게 사람들이 물었다. 어떤 와인이 좋은 와인이냐고. 그 소믈리에는 당신이 들고 있는 잔속의 와인이 가장 좋은 와인이라고 답해주었다. 세밑에 다다르면 언제나 후회스러운 일들이 밀려온다. 감사하며 살 이유들이 많건만 언제나 부족하다고 퉁퉁거리며 살아 온 지난 삶들이 더 후회스럽게 만든다.

한 해를 정리하는 시간을 가지면서 《반성》이라는 책을 읽었다. 김용택, 박완서, 이순원, 이재무, 이승우, 구효서, 안도현 등 스무 명의 문인이 반성을 통해 자신을 발견한 이야기를 묶은 책인데, 눈시울이 뜨거워지는 장면들을 읽으면서 사람은 상처와 치유를 거듭 반복하며 살아가는 존재인가 싶다.

자신이 살아온 길마다 어머니의 이슬털이가 있었음을 이야기하는 소설가 이순원, 뇌졸중으로 요양원에 계신 엄마의 하루 일과 전부가 아침 10시 딸에게 전화를 거는 것이었음을 엄마가 쓰러지신 후에나 알게 되었다는 서석화, 오랫동안 아버지와 불화한 것에 대해 반성한다는 시인 장석주, 남은 음식물에 대한 이야기를 통해 변화하는 세상에서 버리지 못한 자신의 신념을 탓하는 소설가 박완서, 집착과 울컥으로부터 벗어나지 못하는 삶을 반성한다는 시인 이재무, 하찮은 풀잎 앞에서 겸손을 배운다는 시인 안도현 등 문인들이 반성하는 내용은 우리네 삶과 크게 다르지 않다. 장석주 시인은 책에서 삶에 피가 되고 살이 되려면 반성만으로 그쳐서는 안 된다고 말한다. 진짜 반성은 반성하지 않는 삶으로 제 삶을 혁신하고 개조하는 것이고, 실천이 따르지 않는 반성이란 헛된 짓이라는 주장이다.

> "나는 늘 스스로에게 속삭인다. 자주 반성하고, 그걸 실천에 옮겨라! 그래서 나는 길가에 굴러다니는 돌멩이 앞에서도 반성하고, 가을 어느 날 바람이 없는데 혼자 가지에 매달린 낙엽 한 장 앞에서도 반성하고, 뜰에 있는 대추나무 가지에 달려 저 혼자 붉고 둥글게 잘 익은 대추 한 알을 바라보면서도 반성한다."
>
> (《반성》 중에서)

새로운 해를 맞이하기 전 나도 노트에 반성할 것들을 적어 보기로 했다. 감사해야 할 것도 함께 적어 보련다. 아, 그동안 잊고 살았던 삶의 편린들. 모두 소중하고 감사할 일들이다.

Anne of Green
Gables

간절하고 절박한 마음은 통한다

간절하고 절박한 마음을 가지면 모든 꿈이 이루어진다.

박사과정 수업시간에 지도교수님께서는 학생들에게 인생을 변화시키는 가장 중요한 것이 무엇인 줄 아느냐고 물으셨다.

약간 뜬금없고 생각지도 않았던 질문이라 머릿속이 하얘졌다. 나뿐만 아니라 다른 학생들도 고개만 갸우뚱하거나 근면성실해야 한다거나 공부를 많이 해야 한다는 등 각자의 생각을 말했다.

교수님은 간절하고 절박한 마음이라고 말하셨다. 교수님께서 간절하고 절박한 마음이 인생을 변화시키는 가장 큰 요소라고 말씀하시자 내가 간절하고 절박했던 때가 떠올랐다.

내가 〈출판저널〉 기자였을 때 〈출판저널〉은 대한 출판문화협회에서 발행되었고 나는 협회 소속 직원이었다. 새로운 회장님이 오시면서 경영악화라는 이유로 〈출판저널〉을 휴간시켰고 〈출판저널〉에서 근무했던 기자들은 정리해고가 되었다.

나는 인터뷰했던 몇몇 분들에게 〈출판저널〉의 상황을 말씀드렸고 어떤 상황에서라도 〈출판저널〉의 발행을 이어가야 한다는 마음이 간절했다.

감사하게도 도서관운동을 하시는 김수연 목사님께서 발행을 맡으셨는데 안타깝게도 건강 상 등의 이유로 또 다른 발행인을 찾아야 했다.

그때 나는 1995년 부터 경영자독서모임의 주임교수로 활동하시던 서울대 조동성 교수님을 인터뷰했던 것을 떠올려 버클리로 안식년을 가 계신 교수님께 이메일로 간곡하게 〈출판저널〉을 다시 발행할 수 있도록 도움을 달라는 요청의 편지를 썼다.

교수님께서는 우리나라에서 하나뿐인 출판전문지의 중요성을 아시고 〈출판저널〉을 발행할 수 있는 여건을 만들어주셨다.

2009년 4월에 주식회사 법인을 만들었으니까 벌써 햇수로 7년 되었다. 우여곡절이 있었지만 〈출판저널〉이 지금까지 한 번도 휴간되지 않고 지속적으로 발행되고 있는 것은 독자들의 애정뿐만 아니라 매체의 중요성을 아신 분이 있기 때문에 가능했다.

되돌아보면 그때 나는 매우 간절하고 절박한 심정으로 조동성 교수님께 편지를 쓰고 도움을 요청했다. 마음이 전해졌을 거라고 본다. 만약 내가 간절하고 절박하지 않았다면 어떻게 되었을까. 해프닝 정도로 끝나버리고 말았을 것이다.

잡지와 출판산업이 계속 어려워지고 있는 상황에서도 〈출판저널〉이 계속 발행되고, 매달 잡지를 기다리는 독자들이 있다는 것은 매우 행복한 일이다. 나는 〈출판저널〉을 전 국민들이 모두 읽는 잡지가 되는 꿈을 꾼다.

책은 문화의 기초가 됨으로 독서를 통해 우리나라를 품격 있는 문화가 조성된 국가로 만들 수 있다고 믿는다. 그러므로 책을 다루는 〈출판저널〉을 많이 읽는다는 것은 그만큼 책에 대한 관심이 높고 독서를 많이 한다는 것이 아니겠는가.

그래서 나는 지금도 간절하고 절박한 심정으로 〈출판저널〉을 만들고 있다. 마음 속 깊이 책 읽는 사람들과 책을 만드는 사람들을 위해 기도하면서 월간지를 내고 있다. 내 마음이 독자 한 사람 한 사람에게 전달되기를 기도하는 간절한 마음으로… 그리고 〈출판저널〉에 담겨진 많은 책 중에서 한 권이라도 독자의 마음을 사로잡기를 원하면서…

대학에서 학생들을 가르치다보면 나에게 묻는다. 자신이 갖고 있는 꿈이나 졸업 후 취업을 해야 하는데 어떻게 해야 하느냐고, 좋은 방법이 있으면 알려달라고 한다. 그런 질문을 받을 때마다 나는 간절하고 절박한 마음을 가지면 모든 꿈이 이루어진다고 말해 준다. 사랑과 꿈이 있는 사람은 성공한다는 것을 믿는다.

설령 그 꿈이 아주 오랜 시간을 걸쳐 이루어지더라도 간절하고 절박한 마음을 간직하고 노력한다면 꼭 이루어진다는 것을 믿는다. 하늘은 스스로 돕는 자를 돕는다는 말이 있다. 우리가 인생을 간절하고 절박한 마음으로 살 때 진정성은 신을 감동시킨다.

마음이 가난한 자는 복이 있나니

욕망만을 위해
살다가 정말
내가 사랑해야
할 인생을 살지
못한다면 얼마나
어리석은 일인가

울지 마라
외로우니까 사람이다
살아간다는 것은 외로움을 견디는 일이다
(정호승 시인의 〈수선화에게〉중에서)

시는 시를 쓴 사람의 것이 아니라 시를 읽는 사람의 것이 아닐까. 나는 정호승 시인의 〈수선화에게〉라는 시를 마음속으로 주문을 걸듯 외우며 다녔었다. 인생에서 폭풍처럼 바람과 비가 몰아치고 스스로를 가누지 못하며 힘들어 했을 때 나는 "울지 마라. 외로우니까 사람이다. 살아간다는 것은 외로움을 견디는 일이다"

라고 주문을 외웠다. 나에게 〈수선화에게〉라는 시는 어두운 웅덩이 속에서 스스로를 건져 올린 복음과도 같았다. 지금도 가끔씩 〈수선화에게〉라는 시를 읽는다.

초등학교 4학년 때 서울로 올라온 후 6학년 때부터 동네에 있는 교회에 나가기 시작했다. 고향에서 살림이 크게 어려워져서 모든 것을 정리하고 서울로 올라온 우리 부모님은 서울에서 성실하고 착하게 사시는 분들이었다.

엄마에 대한 아주 강렬한 기억은 어느 날 밤에 술에 취해 들어오셔서 애절하게 우시는 엄마의 울음소리였다.

서울로 올라와 단칸방에서 다섯 식구가 살았는데 밤늦도록 들어오지 않는 엄마를 기다리다가 우리 세 남매는 잠들었고 나는 엄마의 흐느낌에 잠이 깼는데 차마 엄마에게 가지 못하고 자는 척 하면서 그 깊은 한숨이 뒤섞인 울음소리를 가만히 듣고 있었다. 아버지는 엄마의 흐느낌에 아무 말도 못하고 계셨다.

내가 지금까지 살면서 그렇게 술을 많이 마셨던 엄

마를 보지 못했다. 그때 단 한 번이었던 것 같다. 나중에 어른이 되고서야 알았지만 엄마는 원래 술을 잘 못하였다. 삼십대 초반이었던 엄마는 힘겨운 인생을 몸에 받지도 않는 술로 잠시 잊으려고 하셨던 것일까.

그러고 나서 어느 날부터 엄마는 교회에 나가기 시작하셨다. 새벽기도부터 철야예배까지 교회에 가서 기도를 많이 하셨다.

엄마를 따라 나도 교회에 나가기 시작하였는데 목사님께서 해주신 말씀 중에서 가장 이해가 되지 않았던 것은 "마음이 가난한 자는 복이 있나니" 라는 내용이었다.

청소년을 보내고 성인이 되면서 인생이 무엇인가를 아주 조금씩 알게 되면서 초등학교 6학년 때 수수께끼로 남았던 "마음이 가난한 자는 복이 있나니"라는 성경 구절을 내가 인생을 아는 그 만큼씩 이해하게 되었다.

그래서 나는 마음에 쌓아두었던 욕심과 욕망을 버리기 시작했다. 인간이 욕망을 갖는다는 것은 당연한 일이다. 욕망을 갖는다고 해서 탓할 수는 없다. 그러나 욕망만을 위해 살다가 정말 내가 사랑해야 할 인생을 살지 못한다면 얼마나 어리석은 일인가. 박범신 작가의 《비우니 향기롭다》라는 책 제목처럼 내 마음을 채우고 있던 부질없는 것들을 비워내니 내 마음은 천국이 되었다.

"산을 내려가는 게 실패입니까? 칼라파타르는 그냥 흔하디흔한 검은 바위일 뿐입니다. 그것이 반드시 목표일 필요는 없습니다. 고소증은 심한 경우 사망에 이를 수도 있습니다. 그런데도 헛된 목표를 좇아 나는 목숨 걸고 고소증의 고통을 견디고 있는 것입니다. 당신이 지금 정해놓고 있는 일상의 목표는 무엇입니까. 더 큰 아파트? 더 높은 자리? 한번 생각해 보십시오. 삶의 진정성과 아무 상관도 없는, 내 영혼을 위로할 어떤 효율성도 없는 칼라파타르라는 목표를 자의적으로, 또는 남들 좇아 정해놓고서, 실패가 두려워 산을 내려가지도 못하고 올라가지도 못하면서 엉거주춤 고통에 차서 멈춰 있는 불쌍하고 불쌍한 나의 모습을요" (《비우니 향기롭다》 중에서).

산다는 것은 인생의 계절을 견디는 일

산다는 것은 무엇일까?

내가 중학생이었을 때 여고를 다니는 언니들의 인생이 최고인 것처럼 보였고 내가 여고생이었을 때는 스무 살이 된 대학생 언니가 인생의 최고처럼 여겨졌다. 내가 스무 살이 되었을 땐 인생에서 최고점이란 나이와 관계가 없다는 것을 알게 되었다.

그동안 내가 보았던, 나보다 인생을 앞 서 산 그들의 모습에서, 내가 보고 싶은 것만 보았다는 것을, 그리고 그것이 인생의 전부인 양 알고 학교라는 울타리에서 벗어나서 어른 흉내를 내고 싶어 했던 것 같다.

스무 살이 되었을 때 나는 인생을 다 산 것처럼 느꼈다. 푸르른 희망보다는 불투명하게 보이는 미래로 어두운 밤길을 걷고 있었다. 마흔을 넘기면서 산다는 것은 인생의 계절을 견디는 일이라는 생각이 든다. 내가 어렸을 때 보았던 최고의 인생이란 인생을 잘 견디면서 내 삶을 살아냈을 때 얻어지는 값진 선물이라는 것을 마흔을 넘기고서야 알게 되었다. 그래서인지 창밖에서 손을 흔들면서 반기는 나무들이 보이고 이름도 알 수 없는 짹짹거리는 새들의 노래들도 정겹다.

최고의 인생이란 인생을 잘 견디면서 내 삶을 살아냈을 때 얻어지는 값진 선물이다.

구름이 드리우면 구름을 받아들이고, 눈부신 햇빛이 비추면 눈 감아 받아들이고, 살 속을 파고드는 바람이 불면 바람을 맞고, 세찬 비가 내리면 땅 깊은 곳에서 기뻐할 생명을 생각한다.

새해 아침, 며칠 째 꽃병에 꽂아 두었던 화초가 생명을 견디고 있다. 새로운 물로 갈아주었다. 인생을 사는 일은, 화병에서 아름다움을 뽐내는 화초처럼, 꿋꿋이 견디는 것이리라. 생명이 사드라들 때 까지. 그렇게 산다는 것은 인생의 계절을 견디는 일이다.

디지털 시대에 그리운 아날로그 감성

"국경의 긴 터널을 빠져나오자, 눈의 고장이었다. 밤의 밑바닥이 하얘졌다. 신호소에 기차가 멈춰 섰다."

가와바타 야스나리의 소설 《설국》을 여는 첫 장면은 읽을 때마다 새로운 감성을 자극하며 눈의 고장으로 빠져들게 한다. 첫눈은 우리 마음에 내렸고 12월이 되면 한 해를 정리하느라 분주하다. 바람결이 날카로워질 때면 나는 따뜻한 소설이 다시 그립다.

겨울에 다시 꺼내 읽어보게 되는 책은 이청준 선생님의 《눈길》이라는 단편소설, 가와바타 야스나리의

《설국》, 이디스 워턴의 《겨울》이라는 소설이다. 스마트폰으로 전자책을 볼 수 있는 시대에 살고 있지만 낙엽처럼 노랗게 물들고 바스락거리는 종이를 넘겨가며 읽는 맛이 좋다.

개인으로의 권력 이동이 궁극적으로 더 안전한 세상을 만들까 아니면 더 위험한 세상을 만들까

우리나라가 스마트폰 3000만 대 시대에 도달했다고 한다. 4년 전과 비교해 보면 통신기술은 급속도로 발전했다. 에릭 슈미트 구글 회장은 《새로운 디지털 시대》라는 책에서 "2025년이 되면 사실상 여과되지 않은 정보에 접근하지 못했던 전 세계인 대부분이 손바닥에 쏙 들어가는 기기를 갖고 온 세상의 모든 정보에 접속할 수 있게 될 것"이라고 설명했다.

2025년이 되면 80억 명의 지구인들이 온라인에서 활동하고 연결되는 세상이 온다. 기술은 우리의 커뮤니케이션 문화에 큰 변화를 주고 있으며, 에릭 슈미트 회장 말대로 "스마트폰을 통해 연결성이 확대되면서 디지털 권능화 현상"이 일어나고 있다.

즉 디지털 기술이 가져오는 연결성 때문에 통제하고, 억압하고, 영향을 미치는 것이 어려워지고 있으며 디지털 권능화는 항상 시민의 편이 될 수밖에 없다

는 것이다.

구글 회장이 던지는 질문은 우리에게 시사점을 준다. "개인으로의 권력 이동이 궁극적으로 더 안전한 세상을 만들까 아니면 더 위험한 세상을 만들까?" 이 질문에 대해 에릭 슈미트 회장은 국가·시민·기업·기관들이 새로운 디지털 시대에 맡은 책임을 어떻게 다해야 하는가를 설명하면서 "기계가 세상을 장악할 것이라는 이야기는 전부 잊어라. 미래에 일어날 일은 전적으로 우리에게 달려 있다"라고 단언한다.

디지털 시대에 우리를 이끄는 것들은 오히려 감성적인 것들, 추억들이다. 요즘 인기 있는 드라마가 〈응답하라 1994〉인데 시청자들은 1990년대를 보여주는 드라마를 보면서 아날로그 감성을 추억한다.

온 가족이 거실에서 텔레비전 앞에 나란히 앉아 드라마 〈모래시계〉를 보면서 시청률을 얘기하고 드라마 주인공 이야기를 나누는 장면이나, 젊은 주인공들이 정기 구독하는 잡지를 함께 보면서 '당신이 사랑에 빠졌다는 세 가지 증거'라는 기사를 읽는 장면은 1인 미디어 시대를 살고 있는 우리에게 낯선 풍경이 됐지만 정감 있고 그리운 추억들이다.

지하철에서도, 버스에서도, 길거리에서도 책 읽는 사람들보다 스마트폰에 열중해 있는 디지털 시대의 모습은 이젠 익숙해진 풍경이지만, 류근 시인이 쓴《사랑이 다시 내게 말을 거네》라는 책 제목처럼 우리는 아날로그 감성을 더 그리워하고 추억하지 않을까.

첫눈은 따뜻하면서도 날카로운 바람결보다 더 시리다.

LOVE

나와 당신은
하찮은 존재가 아니다

나는 기차를 타고 여행 다니는 것을 좋아한다. 요즘은 바쁜 일정으로 여유를 부리며 기차여행을 마음껏 누리지 못하지만 기차여행 상품이 많아진 것을 보면 기차는 사람들에게 추억을 만들어주고 향수를 불러일으킨다.

한편 봉준호 감독이 제작한 영화 〈설국열차〉를 보면 계급과 권력을 기차를 통해 상징적이고 은유적으로 보여준다. 교통수단을 넘어 낭만적 가치로 재구성된 기차에 우리가 의식하지 못했던 계급이 존재한다는 것을 보여준 영화는 나에게 몇 가지 의미를 주었다.

기차와 영화라는 미디어는 밀접한 관계가 있다. 커뮤니케이션 이론가인 마셜 맥루언은 미디어는 인간의 확장이라고 했는데, 예를 들면 바퀴는 발의 연장이며, 책은 눈의 연장이고, 의복은 피부의 연장이라는 것이다. 맥루언이 쓴 《미디어의 이해》에서 "확장된 발의 형태로 시작된 바퀴는 굉장한 진보 단계를 거쳐 영화관이 생겨나게 한 것"이라고 설명한다.

어떤 물건이 없이는 살아갈 수 없는 환경을 만들어 그것을 사용하도록 강요하는 것이 근원적 독점의 핵심이다.

그는 "바퀴를 가장 진보된 복잡한 방법으로 사용하고 있는 것은 영화 촬영기와 영사기다. 촬영기와 영사기는 발의 움직임을 기계적으로 재구성하려는 생각에서 발전된 것"이라고 보았다. 기차선로 모양과 영화필름 이미지가 비슷한 것은 우연이 아닐 것이다.

이러한 기차는 산업화가 이뤄지고 근대화가 진행되면서 매우 큰 역할을 담당했다. 〈설국열차〉에서도 어둡고 잿빛으로 가득한 꼬리 칸에서 빛이 들어오는 앞칸으로 이동하면서 근대화 과정을 볼 수 있다.

이반 일리치는 저서 《과거의 거울에 비추어》에서 '가난의 근대화'라는 표현을 했다.

이반 일리치에 따르면 가난도 근대화 혹은 현대화될 수 있다는 것이다. 지금처럼 풍족한 사회에서 가난이란 단어가 낯설게 느껴질 수 있지만, 그가 설명하는 가난의 근대화 이론은 지금도 유의미하다.

그는 가난을 네 가지로 구분했다.

첫째, 인간이 살아가는 데 꼭 필요한 물과
식량이 충분하지 않은 절대적 가난.
둘째, 지역과 마을에서 오랫동안 형성돼 온
전통적 가난.
셋째, 사회관계로 규정되는 가난.
넷째, 기술 발전으로 야기되는 가난이다.

결국 절대적 가난은 소멸되지 않는다는 것인데 일리치의 사상 핵심인 '근원적 독점'과 연관된다. 어떤 물건이 없이는 살아갈 수 없는 환경을 만들어 그것을 사용하도록 강요하는 것이 근원적 독점의 핵심이다.

〈설국열차〉를 보면 기차 바퀴를 굴러가게 하기 위해 몸집이 작은 어린아이를 제물로 이용한 장면이 나오는데 거대한 기차(세계)를 움직이는 권력과 계급 이면을 은유적으로 보여준 것 같다.

케빈 홀이 쓴 책이 최근 번역돼 출판됐는데 제목이 《겐샤이》다.

"내가 나 자신을 대하는 방식은 내가 다른 사람들을 대하는 방식에 반영된다. 내가 나 자신을 존중하고 가치 있게 대할 때 그것은 내가 다른 사람들을 대하는 방식에 반영된다. 만일 내가 나 자신을 경멸하고 무시하면 그것은 내가 다른 사람들을 대하는 방식에 그대로 반영될 것이다"

(《겐샤이》 중에서).

'겐샤이(Genshai)'는 고대 힌디어로 누군가를 대할 때 그가 스스로를 작고 하찮은 존재로 느끼도록 대해서는 안 된다는 뜻이다.

영화에서 기차 바퀴를 움직인 것도, 바퀴를 멈추게 한 것도 권력자가 하찮게 보지 말았어야 했던 조그만 아이이다. 내가 나 자신을 겐샤이로 대할 때 세상이 나를 그렇게 대할 것이라는 메시지를 나누고 싶다.

붉은 꽃

91x73cm, oil on canvas, 2011

초대

61x50cm, oil on canvas, 2010

행복한 정원

65x53cm, oil on canvas, 2012

행복한 정원

91x73cm, oil on canvas, 2013

스노우맨 커플

73x91cm, oil on canvas, 2013

이상한 나라의 앨리스

130x162cm, oil on canvas, 2009

책 읽어 주는 여자

61x50cm, oil on canvas, 2011

해피 버스데이

61x50cm, oil on canvas, 2012

이상한 나라의 앨리스

50x61cm, oil on canvas, 2012

초대

50x61cm, oil on canvas, 2012

보랏빛 웨딩

117x91cm, oil on canvas, 2009

책 읽어 주는 여자

73x61cm, oil on canvas, 2009

김은기 작가의 작품목록

봄의 정원

80x65cm, oil on canvas, 2010

노아의 정원

60x60cm, oil on canvas, 2011

붉은 방

130x162cm, oil on canvas, 2009

휴식

130x162cm, oil on canvas, 2010

여행

91x117cm, oil on canvas, 2010

양치는 소녀 루시아

45x90cm, oil on canvas, 2009

수태고지

45x90cm, oil on canvas, 2009

LOVE

46x38cm, oil on canvas, 2013

빨강머리 앤

73x73cm, oil on canvas, 2012

프로로즈

73x61cm, oil on canvas, 2012

스노우맨 커플

61x46cm, oil on canvas, 2012

flying with snowman

24x33cm, oil on canvas, 2013

초판 1쇄 | 2015년 6월 3일

글쓴이 | 정윤희
그 림 | 김은기
펴낸이 | 김현태
펴낸곳 | 따스한 이야기

등 록 | No. 305-2011-000035
전 화 | 070-8699-8765
이메일 | jhyuntae512@hanmail.net
총 판 | 북센

값 13,000원